I0761370

Piel sospechosa

Seix Barral Los Tres Mundos

Luis Rafael Sánchez

Piel sospechosa

Diseño de interiores: © Juan Carlos González
Créditos de portada: © Genoveva Saavedra / aciditadiseño
Fotografía del autor: © 2023 GFR Media
Fotografía de portada: iStock.com/Himarkley

Bajo el sello editorial SEIX BARRAL M.R.
Avenida Presidente Masarik núm. 111,
Piso 2, Polanco V Sección, Miguel Hidalgo
C.P. 11560, Ciudad de México
www.planetadelibros.us

Primera edición impresa en esta presentación: junio de 2025
ISBN: 978-607-39-2818-2

Impreso en los talleres de Impregráfica Digital, S.A. de C.V.
Av. Coyoacán 100-D, Valle Norte, Benito Juárez
Ciudad de México, C.P. 03103
Impreso en México — *Printed in Mexico*

Dedico Piel sospechosa *al recuerdo inmarchitable de mi tío Evaristo Lois Pagán, un negro de Usted y Tenga. Con dichos acordes triunfales homenajeamos en mi país a quien el prejuicio racial no le obstruye la gallardía, ni siquiera se la distrae*

El dato más original y omnipresente del racismo
puertorriqueño es la negación absurda y obstinada
de su existencia.

Isabelo Zenón Cruz,
Narciso descubre su trasero, Humacao, 1974

¿Cómo articular la memoria de las humillaciones
racistas con una política del olvido que las niega?

Arcadio Díaz-Quiñones,
«Ellos son blancos y se entienden», Nueva York,
Categoría Cinco 3, núm. 1, 2022

Minimizamos el racismo, matizamos sus
bordes filosos y fundamos el mito del prejuicio
inofensivo, sin malas intenciones
y casi con ternura.

Dennis Alicea,
«Racismo y deportes», en *De la brevedad de las formas*,
Toa Baja, 2023

ÍNDICE

INTRODUCCIÓN

El presente volumen recopila artículos míos sobre el racismo, esa inmoralidad de *cultivo* temprano en Puerto Rico. Ya en el año 1782 fray Íñigo Abbad y Lasierra denuncia: «No hay cosa más afrentosa en esta isla que el ser negro o descendiente de ellos». Extraigo la denuncia de su *Historia geográfica, civil y política de la isla de San Juan Bautista de Puerto Rico.*

Con terquedad forzosa, con terquedad cuasi heroica, los puertorriqueños negros combaten el sentimiento de repulsa y victimización a la que expone la tal afrenta. El sentimiento ultrajaría su desarrollo personal, a más de trastocar la voluntad de darle empleo a los sueños. Incluso a la contraparte de los sueños: la realidad. Una realidad, ostentosamente envilecida en tratándose de la raza negra. Hasta bruta, hasta asesina en sobradas ocasiones, como también en plan de broma inicua y vacilón funesto, lo relata Bobby Capó en su guaracha, ya con rango de clásica: «Yo lo maté, por negro y por bembón».

No obstante, a pesar de los pesares, el puertorriqueño negro se da a valer y a respetar mientras despliega talento y disciplina, laboriosidad y civismo, cuatro señales de la entereza difícil de atajar u obviar. De ahí que, gota a gota y pujo a pujo, el susodicho puertorriqueño desafíe la marginación y obligue reconocer sus aportaciones a la historia patria de los siglos diecinueve, veinte y veintiuno. Tanto así que el poeta español Juan Ramón Jiménez, avecindado durante largas temporadas en Puerto Rico, escribe: «La variedad del tipo humano es aquí, en San Juan, extraordinaria. Lo negro abunda y se impone con tipos de una calidad imprevista. Lo blanco pierde aquí sitio, calidad y valor. Los blancos son, somos, sin duda, lo otro». Extraigo la opinión del libro del poeta *Isla destinada*, una edición de Soledad González Ródenas que motivó la celebración en San Juan de Puerto Rico del *Sexto Congreso Internacional de la Lengua Española*, año dos mil dieciséis.

Redefino como *odio racial* al prejuicio racial. Boicoteo así la tentación de sutilizar el rechazo a los negros mediante un eufemismo: *prejuicio social*. ¡Vaya bochornoso culipandeo nominativo: desmerecer a los negros no supone un agravio social, sí un despropósito agradable a quienes viven con el odio racial hasta el cuello! ¡Vaya superioridad estrafalaria la de reivindicar el pellejo blanco como mérito en sí mismo! ¡Vaya superioridad patética la de resaltar el pellejo blanco mientras se degradan el talento, la disciplina y la laboriosidad si son obra del pellejo negro!

«Blancos de piel y oscuros de cerebro», según el prohombre anexionista José Celso Barbosa, los *blanquistas* o blancófilos, destierran los ciudadanos negros al planeta *Inferioridad*. Delata su malevolencia la sospecha que les espetan a la piel negra. Una sospecha que se transformará en estigma, en deshonra, en mofa. Resumidamente, en *carimbo*, como se nombra el utensilio de hierro que se empleó en la marcación de reses y esclavos. No, ya no se *linchan* negros, ahora los *lincha* la piel sospechosa. ¡Ay Charles Lynch, cuánto deshonor concita tu fama maldecible!

Son artículos breves, escritos entre los años 1972 y 2024. Hallan el asiento inicial en los periódicos puertorriqueños *El Nuevo Día, Claridad, Diálogo, La Hora, El Reportero, Ochenta Grados*. Varios reaparecen en periódicos españoles e hispanoamericanos. Dos, acaso tres, se incluyen en mis libros *Abecé indócil, Devórame otra vez, La guagua aérea* y *No llores por nosotros, Puerto Rico*. Existe uno más, que permanece inédito, *Anuncios despercudidos*. Facilitó su escritura la anécdota grotesca que narro seguido.

Un *Honorable* miembro de la Cámara de Representantes de Puerto Rico radicó un proyecto de ley que habilitaría la venta y exportación de bebés puertorriqueños. Los bebés habían de ser recién nacidos y *blanquérrimos*, provenientes de las zonas montañosas del país, donde se asienta la *blancura* según la teoría descabellada del *Honorable*. De esa manera se garantizaba la *pureza racial* del bebé.

Repugna hablar, u oír hablar, de *pureza racial*. Particularmente en el Caribe, donde el mestizaje incesante asegura la perpetuación del género humano. Pues, ¿con quiénes se *contentaron* los invasores o descubridores europeos? Pues, ¿quiénes saciaron los apetitos que runruneaban por sus entrepiernas *blancas*? Pues, ¿a quiénes preñaron si no a las hembras indígenas y a las hembras negras? Pues, ¿con quiénes, si no, fabricaron la mulatería, la mulatez, el muleque? Ignoro a cuáles zonas se refería el *Honorable*.

Todos los puertorriqueños boconeamos «Aquí el que no tiene dinga tiene mandinga», como se identifica a los negros prototípicos del Sudán Occidental que llegaron a Puerto Rico en innúmera calidad de *mercancía*.

Me disculpo: exagero cuando afirmo *todos los puertorriqueños*. A un sector, ojalá fuera minoritario, lo halagaría que *la blanqueza* constituyera la norma racial del país. *Blanqueza* sí. ¿Porque rima con *realeza*? Pero, ¡si hubo y hay realeza negra, así como la hubo y la hay amarilla! La Cámara de Representantes de Puerto Rico se honró al rechazar el proyecto filo-nazi del *Honorable* Representante.

Anhelo que la convergencia de los artículos en un tomo ratifique su unidad temática, el parentesco crítico que los enlaza y mi repudio feroz a la ignominia que representan los odios raciales. Anhelo que al Lector le parezca suficiente bibliografía la gramática de mi mirada. Anhelo, igualmente, que los juicios de tres exploradores de la *moral social* —Isabelo Zenón Cruz, Arcadio Díaz-Quiñones y Dennis Alicea—, de súbito aprovechados como epígrafes, robustezcan un temprano convencimiento personal: el prejuicio racial merece examinarse como infección que socava la decencia. ¡Urge higienizar los vericuetos cerebrales donde se procesa la decencia!

Agradezco a la doctora Carmen Vázquez Arce el *préstamo* de reproducciones de artículos míos que conserva. Agradezco a la señora Dianne Rico González su labor archivística.

En consideración al Lector, sin cuya voz la escritura deja de ser diálogo, le impongo al libro el orden cronológico en que se publicaron los artículos. Las fechas permitirán contextualizar hechos y datos, irresueltos estos, aquellos superados. Aun así, el orden de lectura puede alterarse a voluntad de cada quien.

Lector, dedícate a lo tuyo.

1973

1.

LA GENTE DE COLOR

La directora de la corporación Miss Puerto Rico y jefa de una agencia de modelaje, Anna Santisteban, ha incomodado a algunos círculos sociales de esta nueva Ínsula Barataria por permitir la participación de muchachas negras en el certamen que adjudica dicho título. El título se ostenta durante un año y se tiene por cofre donde se guarda un cuento de hadas escrito por la realidad. La ganadora recibe varios premios en metálico, se le obsequia ropa y calzado de marca, se la embellece hasta semejarla un préstamo del cielo a la tierra. ¿A cambio de qué? A cambio de comparecer a actividades cívicas y benéficas, tanto en el país natal como en el extranjero, en *representación* de la mujer puertorriqueña.

La anterior noticia aparece en el periódico *The San Juan Star* del pasado veintisiete de junio. Sospecho que se excluyen de la noticia, porque se integran al campo de la mera especulación, las exigencias marginales a que se compromete Miss Puerto Rico, tras recibir la corona mitificada.

a. Atenerse a una dieta frugal.
b. Matricularse en el gimnasio.
c. Combatir el sarro.
d. Ocultarse de los rayos ultravioleta.
e. Apurar doce vasos de agua a diario.
f. Ingerir frutas frescas y hortalizas.
g. Dormir ocho horas nocturnas.
h. Comportarse como dama boba.

Beneficios marginales podrían ser el inicio de una carrera de modelaje, la animación de un espacio televisivo y el matrimonio con un peje añoso. Mas, en posesión del afrodisiaco infalible: un fracatán de dólares, marcos, yenes, rublos.

La noticia de marras aparece en la sección que dicho periódico reserva para agradar a las clases a quienes apetece la frivolidad, de modo que se puede inferir la composición de los círculos incomodados. Son los círculos que sueñan con mantener a los puertorriqueños negros *en su sitio*. O lo que es igual: los círculos preocupados por *la composición de la raza*, los círculos a quienes enoja la presencia conspicua de la *Tía África* en la vida puertorriqueña, descontada *la raja*. Dichos círculos sustentan la pervertida idea de que la piel blanca conlleva un inevitable prestigio, una innata gracia, *un aquel especial*.

¿Merece llamarse raza el patético espejismo blancoide que engatusa a las élites puertorriqueñas? ¿Habrá que atosigarle una grabación del poema de Fortunato Vizcarrondo, *¿Y tu agüela dónde está?*, en la interpretación de Juan Boria o Julio Axel Landrón? —dos maestros granados de la declamación—. ¿Beneficiará al puertorriqueño carapálida el ojeo de un álbum fotográfico con *las caras lindas de mi gente negra*? —una lindura apartada del concepto hegemónico de belleza impuesto por los blancos—. ¿Habrá que invitar a los puertorriqueños, emparentados con Aquiles, a hacer turismo por las sinuosas narices y las pronunciadas bembas del Puerto Rico *percudido*?

Hablar de una raza blanca puertorriqueña implica sustituir la historia por la invención e incurrir en la más quimérica de las adscripciones retóricas o musarañas. La de endilgarle *blanquitud* a un pueblo de esencia mestiza a la que se le consiente una pizca de *tainidad*. ¡De los derroches de las musarañas me cuide Dios, que de los derroches de la realidad me cuido yo!

Prohibido por la Constitución, inaceptable como práctica según los reglamentos de las corporaciones públicas y privadas, descartado por cuanta organización se inscribe y se legitima en el Departamento de Estado, el prejuicio racial se filtra, en los recintos educados y democráticos de la sociedad puertorriqueña, a través de los curiosos rechazos y las súbitas exclusiones que tienen por sujeto a los puertorriqueños negros. Unas exclusiones y unos rechazos, elaborados con un calado tan diestro, que les permite a los hechores gritar *foul* si se los acusa de cultivar el prejuicio racial.

Las cosas donde van y un sitio para cada cosa; en Puerto Rico no se linchan negros: *Mister Lynch is not one of us.* Tampoco se condena a los puertorriqueños a viajar en la cocina del autobús, tampoco se les niega el acceso a las universidades o se les impide mostrar sus habilidades en los teatros o los museos.

El prejuicio racial de la riña callejera y la quema sistemática de las iglesias a donde concurren los negros, el prejuicio de los letreros que advierten *No dogs or negroes allowed*, no encuentra eco en Puerto Rico, donde todo se razona con la expresión oblicua y la opinión sesgada. Un James Meredith hubiera podido matricularse en cualquier universidad puertorriqueña sin que un solo condiscípulo blanco lo tomara como provocación. Una Marian Anderson hubiera podido cantar en los teatros Tapia o Riviera o en el paraninfo de la Escuela Superior Central o en el teatro de la Universidad de Puerto Rico sin que grupo alguno de damas blancas consiguiera impedirlo. Una Rosa Parks hubiera podido sentarse en cualquier asiento de cualquier guagua de la Autoridad Metropolitana de Autobuses sin que el chofer lo tomara como la insolencia de una negra parejera que intentaba salirse de *su sitio*.

Vale, por tanto, comprometer el prejuicio racial *home made* con sus propios enconos y retorcimientos, con sus propias hipocresías y duplicidades, tan diferente al prejuicio racial norteamericano. Que se expresa mediante las agresiones atentatorias a la dignidad humana: escupir al negro, atajar al negro, apedrear al negro, acuchillar al negro, asesinar al negro, bestializar al negro.

La diferencia entre el prejuicio racial norteamericano y el prejuicio racial puertorriqueño explicaría, parentéticamente, el sueño anexionista que cultiva un apreciable número de puertorriqueños negros. A veces la Historia responde a nuestros emplazamientos con una ironía desenfadada; en el eventual estado cincuentiuno, los puertorriqueños negros engrosarían la minoría negra de la minoría negra norteamericana, configurando así una minoría despreciada dentro de otra minoría despreciada.

El tema del prejuicio racial puertorriqueño no ha acumulado una bibliografía concordante con su actualidad y su palpitación; recuérdese que el elemento poblacional afro del país desborda el por ciento que le asignan las estadísticas oficiales. Solo dos libros, suscrito por la vivencia el uno, suscrito por la opinión el otro, que en su aparición generan el entusiasmo y la controversia, resumen el acervo hermenéutico del tema: *El prejuicio racial en Puerto Rico* de Tomás Blanco, publicado en el 1937, y *Narciso descubre su trasero*, de Isabelo Zenón Cruz, publicado en el 1974.

Tampoco asoma el tema, frontal y recurrente, en el imaginario literario, aunque las pocas aportaciones son, en rigor, valiosísimas. Destaco la poesía de Fortunato Vizcarrondo, poeta gestor de una ironía agresora, poeta contestatario antes que el término emergiera. Destaco la intensa trilogía teatral *Máscara puertorriqueña* de Francisco Arriví: *Bolero y plena*, *Sirena*, *Vejigantes*. Destaco los muy bien contados *Cinco cuentos negros* de Carmelo Rodríguez Torres. Destaco los lúcidos poemas y cuentos que Mayra Santos junta en *Anamú y manigua* y *Pez de vidrio.*

Sí asoma y recurre el tema del prejuicio racial puertorriqueño en los adefesios antiliterarios que, a gusto, difunde la televisión en la forma de sainetes y pasos de comedia. Al agravio se suma la ofensa; los sainetes y los pasos de comedia los interpretan, la mayoría de las veces, actores blancos caripintados de negro. Lo que algunos achacan a una crisis del ingenio habría que achacarlo a una crisis de la decencia:

a. «A ese tipo lo dejaron en el horno más de la cuenta».
b. «Llegó a Puerto Rico vía Africa Airlines».

Podría contra-argumentarse que la falta de estudios y de obras literarias sobre el prejuicio racial en Puerto Rico demuestra la inexistencia de este, o su existencia menor e insustancial. Sin embargo, la mirada echa de menos a los puertorriqueños negros en los altos puestos gubernamentales, en los altos mandos de la Guardia Nacional, en las juntas directivas de los clubes donde se malea el civismo, en los departamentos con misiones de vidriera para consumo del público extranjero como la Secretaría de Estado. Ni siquiera en el Tribunal Supremo de Justicia hay jueces negros. La más alta magistratura judicial se abre a la diversidad ideológica de la sociedad puertorriqueña pero se cierra a su diversidad racial. Curiosamente, las agencias o las secretarías pueblerinas por antonomasia, como la de Asuntos de la Vivienda y el Fondo del Seguro del Estado, tienen como personal a un considerable número de puertorriqueños negros. ¿Se trata de un traqueteo mañoso con las quintas y las ternas o se trata de una onerosa casualidad?

Tampoco en las sillas de alto espaldar de la banca se sienta negro alguno. Cajeros prietos y cajeras prietas sobran. Tampoco hay galanes dramáticos en la industria de la televisión, no obstante las zonas erógenas de miles de puertorriqueñas administrarlas miles de hombres, cuyas pieles recorren la infinita gama del color prieto y la infinita gama del sabor prieto y la infinita gama de la exquisitez prieta.

«*Once you go black you never go back*» dice el refrán celebratorio de la proficiencia sexual y la calidad amatoria del hombre negro y la mujer negra. Un refrán que se traduciría, más o menos, como lo intento: Cuando se experimentan el color prieto, el sabor prieto y la exquisitez prieta se hace innecesario disfrutar otro color, otro sabor, otra exquisitez.

La falta de estudios y de obras literarias sobre el prejuicio racial en Puerto Rico la explica la renuencia a la confrontación de un tema tenido por espinoso y divisorio. Justifica la renuencia el argumento de que admitir la existencia del prejuicio racial puertorriqueño supone capitalizarlo. Como si su desatención tuviera la virtud mágica de hacer desaparecer el prejuicio. ¡El avestruz influye!

Seamos honestos a riesgo de ser impertinentes. El prejuicio racial puertorriqueño tiene una salud de hierro. Sobrevive, desafiante e irracional, a las campañas oficiales de higienización ética. Se manifiesta en todos los estratos sociales y todas las ideologías políticas. Tanta salud porta un virus dialéctico que contagia, por igual, a los liberales cautelosos y a los conservadores intransigentes. En forma sintomática de una tosecilla, el virus sube y baja por sus gargantas.

1. «Los hijos son los que sufren».
2. «Ella tiene la nariz nada católica».
3. «Ella no es negra, ella es india».
4. «Más negro que el culo del caldero».
5. «Ella se estira la pasión».
6. «Tarde o temprano, el negro la caga».
7. «Él oscurece la raza».
8. «Ella resulta un jodido mime en la leche».

Aparte de las tribulaciones hogareñas porque el novio tiene el pelo *kinky* y la novia no debe tirar pal monte, aparte de la disuasión a *oscurecer la raza*, aparte de la advertencia por el posterior sufrimiento de los hijos, con otros colores se viste el prejuicio racial puertorriqueño. De color pastel y aclarador es el prejuicio que cabalga en la resistencia a pronunciar la palabra negro: «Al negro no hay que anegrarlo», «Al negro no hay que ponerlo a sufrir recordándole que es negro». De color blanco inmaculado es el prejuicio que cabalga en el enunciado «Negro pero decente». Aunque la oculten los melindres de la piedad, aunque la anestesie la consideración, una convicción repta por el hondón de tanta alma buena vestida con los colores aclaradores del prejuicio racial puertorriqueño: la inferioridad básica del negro.

A causa de la oblicuidad que sustenta la psique puertorriqueña, el prejuicio racial, *home made* evita pronunciar la palabra «Negro» en su dimensión etnográfica. Para sustituirla acude a una sarta de enchapes eufemísticos, portadores de sufijos diminutivos y aumentativos, que le dan una irónica relevancia: QUEMADITA, BIEN QUEMADITA, PIEL CAFÉ CON LECHE, TRIGUEÑO QUEMADO, TRIGUEÑO PASADO, TRIGUEÑOTE, TRIGUEÑOTA, INDIO, AINDIADO, CAOBA, AZABACHE, SEPIA, MORENA, MORENA OSCURA, MORENOTA.

No, no se trata de matices lexicales afectivos, sugeridos por el muy heterogéneo basamento mestizo del país —la escala cromática de lo negro desconoce el agotamiento en la encendida calle antillana—. Tampoco se trata de una modulación que registra el cuadrante de la gentileza y la simpatía; una gentileza y una simpatía que, cuando se extreman, parecen gestos de condescendencia. Se trata, lisa y llanamente, de otra práctica negrófoba en el nombre equívoco del ingenio.

De entre los términos disponibles para salvar a los amigos y a los vecinos de los complejos inferiorizantes se destaca uno, «gente de color». Este lo activa un sistema de oposiciones implícitas. La gente de color se define cuando se la opone a la gente sin color, o la gente de piel blanca. El término, una traducción literal de «*colored people*», indigna menos que las medidas tomadas para expresarlo: la voz baja, el rostro cariacontecido, el tonillo secretero, la beatería de la compunción.

El prejuicio racial boricua no se restringe a los blancos. Los negros, oprimidos por los modelos blancos de belleza y seducción, se apuntan en el blanqueamiento mediante el uso de pelo postizo y peinillas calientes, gorritos de medias nailon y otras tácticas que anticuaron el *Poder Negro*, la fuerza avasalladora del continente africano y el grito jubiloso de Cassius Clay: «*Black is beautiful*».

Pero, además de apuntarse en el blanqueamiento, interiorizan el prejuicio. Un compositor excelso, cuya obra resume uno de los capítulos impostergables del cancionero hispanoamericano, Rafael Hernández, cuando le canta a la nación puertorriqueña en su preciosísima balada *Preciosa*, destaca «La noble hidalguía de la Madre Patria» y «El fiero cantío del indio bravío» como los valores consustanciales de aquella. Mas, calla la aportación negra a dicha excepcionalidad, ya sean los rasgos del carácter colectivo, ya sea el temple moral, ya sea el sentido profundo del ritmo, ya sea la inteligencia aguda, ya sea la honda sensualidad que no se agota en la salvajina y el sexo. ¡Y Rafael Hernández era negro! ¿Se trató de una consciente distanciación? ¿Creyó prudente mantener a los negros en *su sitio*? —el sitio del negro lo asigna el blanco pero lo transa el negro—. ¿O prefirió respetar los prejuicios de los blancos a cambio del aplauso que los blancos le tributaban?

Incomoda a los círculos amordazados por los sueños de perfiles griegos y de narices como dardos, de bocas de fino lineamiento y pieles albas como velos de novia, que muchachas negras compitan por el título de Miss Puerto Rico. Incomoda que alguna *quemadita*, *trigueñota* o *morenota*, se alce con el título y pasee por el mundo la más verdadera de las sospechas; en Puerto Rico el que no tiene dinga tiene mandinga, tiene watusi, tiene otentote, tiene carabalí. En cambio, satisface a los *circulosos*, llena sus pechos de orgullos rancios, que una muchacha rubia de ojos azules pasee por el mundo la mentira de que el pellejo nacional puertorriqueño es blanco que te quiero blanco.

No nos prestemos al engaño. El falso paradigma racial cumple otras aspiraciones, nada secretas, como lo son tranquilizar al «Padre Nuestro Que Está En Washington» y asegurarle que la etnicidad puertorriqueña contiene un porcentaje mayoritario de genes blancos. Poco a poco lo implícito se vuelve explícito. La preponderancia del pellejo blanco valida, también, el derecho de Puerto Rico a anexarse a los Estados Unidos de Norteamérica.

La experiencia colonial posibilita, día a día, todas las caricaturas. Hasta la caricatura de reclamar un pasado vikingo. Hasta la caricatura a que lleva el reclamo «Que se sepa todo de nosotros menos la verdad». Hasta la caricatura que suscitan algunos círculos sociales de esta Ínsula Barataria a propósito de la participación de muchachas negras en el certamen que adjudica el título Miss Puerto Rico. Cuánto clisé histérico. Cuánta fobia histórica. Cuánto descaro sin editar. Cuántas misis de espaldas a las masas.

1990

2.

MANDELA Y EL FIN DE SIGLO

A punto de terminar el siglo veinte empiezan a crepuscular varias de las miserias que lo han caracterizado y lo caracterizan. La persecución sistemática del pueblo semita. El poder monolítico de la camarilla, que se catalogó a sí misma de adelantada; usurpó las hablas de la inmensa mayoría y se declaró enemiga de la pluralidad. La supremacía racial blanca. Todos ganamos. Incluso ganan quienes ayer acudían a argumentaciones increíbles en ánimo de defender lo que no admitía defensa y reputar lo que faltaba a la dignidad.

La justificación de las restricciones a que se han visto sometidas muchas sociedades de nuestros días ha malogrado inteligencias que merecían otras aventuras dialécticas, fuera de la preconcepción y el servilismo político. Las lecturas de la realidad hechas por esas inteligencias las doblegaron la falta de criterio independiente, la dejadez espiritual y la obligación de quedar bien con los instalados en el poder. Me corrijo, los atornillados en el poder.

La primera miseria parece en retirada. Aunque sobreviven formas benignas de exterminio como son el estereotipo, los chistes y las referencias a la supuesta avaricia y urgencia de bailar en la cresta de la ola que achacan a los judíos los prejuiciómanos gustosos.

Del súbito final del marxismo, reducido a superstición que canceló la voz diversa e impuso la unifonía, se ha especulado bastante. Por eso unas mismas preguntas reaparecen con diferente envoltura. ¿Resultado inevitable del acallamiento de la discrepancia y del ufanar de una ideología sin quiebras o resultado del culto pervertido a los jefazos? ¿Reconquista por el pueblo del protagonismo? ¿Muerte de un discurso gastado, inane? ¿O se anticuó, para siempre, el elitismo ideológico que George Orwell demolió, con tremebunda sencillez, en su fábula genial?: «Todos los animales son iguales, pero algunos son más iguales que otros».

Las preguntas se suceden, pero las respuestas apenas se balbucean. Como es natural. La vertiginosidad de los acontecimientos recientes dificulta la mirada despaciosa que posibilita la respuesta nutrida por los matices. Además, parece sano que las preguntas desborden las posibilidades de las respuestas. Por siempre debe abolirse o transformarse la tiranía de los saberes hemipléjicos, la tiranía de las respuestas dadas con anterioridad a la formulación de las preguntas.

Los acontecimientos, sin embargo, pueden resumirse, fácilmente. El atropello de las voces únicas sucumbe ante la sana insurgencia de la pluralidad. La difícil esperanza empieza a concretarse en los aperturismos que posibilitan soñadores de pueblos como Havel, Walesa, Desmond Tutu y De Klerk. Y, también, en la herejía formidable de las palabras que contradicen y denuncian; palabras de Milan Kundera y Joseph Brodsky y Octavio Paz, de Nadine Gordimer y Solzhenitsyn, de Maya Angelou y Toni Morrison, palabras de la escritura que opera sin atenerse a los mesianismos complacidos y se sostiene en los límites de la exigencia y el rigor.

Más soñadores faltan, más visionarios comprometidos con la opinión múltiple, la opinión enfrentada. Faltan más impugnadores del análisis esclerótico.

Faltan más frecuentadores de la duda creadora, la duda que encamina hacia otras dudas. Sobran, por otro lado, quienes ocultan las insuficiencias personales tras el descrédito de la obra y la intención ajenas. Sobran los mezquinos y los rencillosos. Sobran quienes se asumen como padrinos, o compadres, de las intolerancias.

El supremacismo racial blanco, en el trágico enclave africano, parece terminar. Fue, es, será una aberración sin límites a la que las superpotencias no le han negado adhesión y defensa en nombre del llamado equilibrio geográfico de las ideologías. En nombre de la geopolítica, otra aberración, se lo explica y justifica con reprochable paciencia. Pero, todos los totalitarismos avergüenzan porque todos son desvergonzados, los abandere la Derecha, los abandere la Izquierda.

De la pérdida moral y espiritual habida durante la práctica larga y vil del segregacionismo jamás habrá cifras. De las vidas que quebró tan increíble irrespetuosidad, las vidas que arruinó el vivir sin conocer el sosiego, las vidas desperdiciadas en los marasmos del odio y el rencor. Tampoco podrá darse cuenta de los daños causados a todos los hombres y todas las mujeres de la tierra por la práctica del apartamiento racial.

Dije *parece* llegar a su fin el supremacismo racial blanco en el trágico enclave africano para expresar cierto recelo. Pues la derecha blanquista y ultramontana empieza a reagruparse y a ensayar nuevas alianzas de presión, tranque y conservadurismo. Ya vuelve a reclamar los truculentos privilegios a los que accedió por el *mérito* patético del color de la piel. Ya vuelve a empedrar el camino de la liberación negra con las peores intenciones. Ya vuelve a destacar, como exclusivas de la raza suya, unas capacidades intelectuales conducentes a la prosperidad, el ordenamiento gubernamental y el ordenamiento civil. Ya vuelve a desacreditar el carácter y la voluntad, la sensatez y el talento de los veintiocho millones de negros que integran la inmensa mayoría de la República Surafricana. Ya vuelve a reclamar para los blancos la parte del león.

Por lo pronto debe encomiarse, sin reservas, la diligencia mostrada por el presidente De Klerk al iniciar el desmantelamiento del segregacionismo. Ha estado a la altura de la razón histórica y ha hecho historia al razonar. A diferencia de su antecesor Botha, quien proponía condiciones menos que desfachatadas a la hora de acordar, De Klerk ha ido al grano sin mayores dilaciones. De las medidas tomadas bajo su admirable responsabilidad dos tienen carácter excepcional. La legalización del Congreso Nacional Africano. La liberación de Nelson Mandela.

La recién ganada legalidad del multitudinario Congreso Nacional Africano permitirá al legendario movimiento conversar, de inmediato, con las variadas formulaciones políticas de la minoría blanca. Decir «conversar» parece blando y hasta aguado cuando se piensa en el daño que el régimen sudafricano ha causado a los ciudadanos negros. Pero, de conversar se trata. De replantear el lugar que, con franqueza exenta de revanchas, ocupará la mayoría negra en la nación africana. De acabar con el despropósito de inutilizar a los negros y favorecer a los blancos.

La liberación de Nelson Mandela ajusta la justicia. Y corrige la ley que lo encarcela, a perpetuidad, el mismo año que James Baldwin, otro abanderado de las palabras que resisten y denuncian, publica *La próxima vez el fuego*, ese implacable llamado a una ordenación racial que auspicie la igualdad, el respeto, la educación y otras formas afines de libertad para la población negra.

Sin embargo, no ocurre en 1962 la primera experiencia carcelaria de Nelson Mandela. Las leyes represivas, diseñadas por los gobiernos de integración racial blanca, combatiente de los reclamos de los negros, dictaron contra Mandela estadías anteriores en la cárcel. Mas, en el año terrible del sesentidós, se añade a la condena el término «a perpetuidad»: término y condena que colapsan el domingo once de febrero del 1990, bajo la presión de los dramáticos levantamientos populares ocurridos en Johannesburgo y Pretoria, el creciente boicot comercial a Sudáfrica, el ascenso al poder de unos dirigentes blancos menos obtusos y la elevación de Nelson Mandela a blasón universal de todos los perseguidos por motivos raciales, políticos, étnicos.

El sufrimiento de la cárcel, la persecución humilladora y sin tregua a su familia y a quienes se proclaman amigos suyos, la faena de inventarle mezquindades y pasiones bajunas para contrarrestar su proyección política fuera de las rejas, la adjudicación de intención malsana a sus testimonios transparentes, las crucifixiones a los sagrarios de su honor e intimidad, no desequilibran la enteridad de Nelson Mandela, un paradigma de grandeza en la desolación. Contrariamente, reafirman su convencimiento de que los negros tienen el derecho, legitimado por su misma naturaleza humana, a un mundo libre, equitativo, mejor. Y que esa libertad, ese merecimiento, esa equidad, no pueden cuestionarlos o proscribirlos, menos reescribirlos o restringirlos fuerza alguna.

A punto de terminar el siglo veinte empiezan a crepuscular varias de las miserias que lo han caracterizado. Todos ganamos. Incluso ganan los sumisos que dejaron de pensar cuando les pareció procedente que algún santurrón laico les hiciera el favor o algún imán locoide les hiciera la tarea.

Aun así, la promesa de las auroras, nebulosas ayer, frágiles hoy, no debe librar de la contención y la vigilancia. El capitalismo tornado en guerra cruenta contra cualquier economía de ánimo altruista, la belleza moral que se autoadjudica el imperialismo norteamericano, el súbito resurgimiento de la estafa fascista, los desafíos del *born-again* nazi, la propagación de las religiones intolerantes que satanizan y persiguen al *infiel*, se perfilan como miserias debutantes o recicladas; miserias a refutar y desafiar antes que se consoliden como los últimos horrores sociales del milenio.

Escéptico, sospecho que atacado por el desconsuelo, Anatole France culmina la parábola sobre lo poco y lo triste que acontece a los hombres durante sus vidas con un apotegma empavorecedor: «Los hombres nacen, sufren y mueren». Los hombres y las mujeres, terciarían las feministas que reivindican la especificación del género gramatical. Apenas, pues, si hay momentos fáciles para ellos y para ellas durante la única oportunidad sobre la tierra.

Para que el sufrimiento, la dificultad y la ingratitud consignen algún sentido franco, procede aprender siquiera una lección. Los últimos años del siglo veinte se revelan como tiempos ofertantes de lecciones. Las más provechosas, las más atrayentes, merecen estudiarse bajo los chorros de «*aquella luz no usada*», pródiga en serenidades, que el gran poeta español renacentista halla en la música. Esto es, en la imperecedera armonía que urge al cumplimiento de lo responsable y lo justo.

3.

LAS SEÑAS DEL CARIBE

«El Caribe suena, suena», escribe el cubano Alejo Carpentier. Y la afirmativa fluye con la cadencia del verso. Pero, no se trata de un verso. Se trata de la explicación prosificada del tejido cultural que unos nombran *Caribe* y otros las *Antillas*. La explicación triunfa por bella y cabal.

La naturaleza caribeña tiene más sones placenteros que la guitarra. El impostergable mar traslada el son por las islas, tornadizo son marino que adormece o que asusta, que seda o que desvela. Y las brisas aurorales halagan la piel tanto como el zureo de las aves los oídos. No, no debe sorprender la impresión de paraíso sin serpiente que suscitan las *Antillas*.

A los sones de la naturaleza se añaden los sones humanos que regulan las noches y los días del Caribe. El son prolonga los amores, fanatiza las huelgas, orla las soledades de la muerte. ¿Se han visto enamorados sin canción? ¿Convence el piquete obrero que descarta el recurso del bongó y la pandereta? ¿Atenta la paz de los sepulcros la música, de linaje vital, que suena durante algunos entierros? En otra esquina o solar del mundo tal vez. En las islas del Caribe no.

Particulariza al hombre y a la mujer caribes el apego esclavizado al son. Cuanta oficina gubernamental se respeta ostenta un radio o varios que transmiten música bailable. La gestión de renovar la licencia de conductor, por ejemplo, la musicaliza una bachata en boca del estupendo Juan Luis Guerra o una balada en boca de la magna Lucecita Benítez. Un retazo de son escapa de la radio, que esconde el botiquín en más de una sala de emergencia. El descenso del suero intravenoso, por ejemplo, lo musicaliza un guaguancó en boca de la eterna Celia Cruz o un bolerazo en boca del sin igual Danny Rivera. Si en el Caribe no ocurre el son se dificulta la vida. Si en el Caribe no se convida el son se dificulta el viaje a la sepultura.

Como *hijos del sol* nomina la publicidad, de escaso numen, al hombre y a la mujer caribes. Lo apropiado sería nominarlos *hijos del son*. Repitamos que el apego al son los identifica, el apego al son en toda manifestación posible. Incluso el son que deletrean ciertas carnes.

Un célebre merengue narra el efecto pernicioso de los sones carnales: «*Tú tienes un caminao/ que me tiene trastornao*». Una célebre guaracha describe otro caminar que parece ondular entre la sensualidad y la procacidad: «*Ofelia la trigueñita,/ va por la calle,/ y camina así,/ camina así,/ caminando así*». Hasta la imaginación chata, o la imaginación de menor despliegue, visualiza ambos caminares tras oír el soneo de esta guaracha y aquel merengue.

Pero, vayamos a un son carnal que tiene nombre y apellido. Archiva la memoria de quien oye cantar a la puertorriqueña Lucy Fabery la magnética extrañeza de la voz. Y a continuación los difusos espasmos de su cuerpo; espasmos que roban la serenidad a quien los mira. Oyendo el son gustoso de Lucy Fabery, viéndola elevar el movimiento corporal a concierto filarmónico, se reconoce la verdad en que incurre el cubano Alejo Carpentier cuando escribe «El Caribe suena, suena».

En cambio, el puertorriqueño Luis Palés Matos ve en la mulatez y la negritud el común denominador de las islas asentadas en el mar que unos nombran *Caribe,* otros *mar de Colón* y otros *mar de los Deseos.* La calle antillana, encendida por cocolos de negras caras, se repite como el escenario donde transcurre la poesía palesiana de mayor repercusión. El verbo sonoro, la estrofa que reclama la voz bien impostada y la implicación del donaire gestual convierten la poesía negroide de Palés en un festín para declamadores. Natural resulta, entonces, que la declamación la popularice y que se citen y reciten, desvinculados del poema a que pertenecen, varios versos incisivos y pegajosos como homenaje a la inventiva del autor.

Pero la repercusión trasciende la mera sonoridad, la impostación y el donaire. La poesía negrista de Palés no se entretiene en la demagogia necia o la retórica débil. Sí se detiene en la enumeración justipreciada de las aportaciones negras a la cultura antillana. Me admira cómo el bardo puertorriqueño transforma, en cuidadosa reflexión, la plural vivencia negra. Me admira cómo enmarca la plural vivencia negra con la onomatopeya rítmica, el soneo de las maracas y las sabrosas percusiones de los cueros. Me admira su implicación de que el Caribe suena, suena porque el Caribe es negro, es negro.

El idioma y la historia varían de Jamaica a Haití, de Aruba al Caribe hispánico. Pero la prietura permanece como la señal que hermana los piélagos antillanos. La imponencia de la prietura autoriza el protagonismo racial del Caribe que le confiere Luis Palés Matos.

El buen ojo del pueblo también lo reconoce. Un refrán. «El que no tiene dinga tiene mandinga», chacotea el ataque de blancura de las irrisorias aristocracias antillanas. A propósito, Fortunato Vizcarrondo, cuya poesía aguarda por el estudio que pondere su deslumbre y originalidad, concibe unos versos desafiantes:

Ayer me dijiste negro
y hoy te voy a contestar,
mi Abuela sale a la sala.
¿Y la tuya dónde está?

Es decir, que ni la negación de los abuelos ni la ocultación de los cabellos grifos, bajo el turbante compinche, como se denuncia en *Vejigantes*, el drama esencial de Francisco Arriví, consiguen desmentir que la mulatez y la negrura sustantivan el destino antillano.

Otro rumbo prosigue el dominicano Pedro Mir al buscar el signo comunal de la antillanía. En uno de sus poemas capitales, *Contracanto a Walt Whitman,*

Mir radica una breve nota autobiográfica que me complace citar.

Yo,
un hijo del Caribe,
precisamente antillano.
Producto primitivo de una ingenua
criatura borinqueña
y un obrero cubano.
Nacido justamente y pobremente,
en suelo quisqueyano.

La mudanza continua de vivienda y la entremezcla étnica consignan el elemento aglutinador del Caribe, según lo poetiza Pedro Mir, la señal imborrable de un pueblo grande repartido por un archipiélago pobre. Los versos de Pedro Mir, tan enjundiosos pese al laconismo calculado, sintetizan un intachable retrato con palabras del caribeño cruzado. Anima estos versos del Maestro dominicano una llaneza estremecedora y estremecida; la misma llaneza con que los tres países del Caribe hispánico han sabido vincularse. La opresión política, la dictadura de turno, los azotes de la miseria, la avaricia creciente de las clases privilegiadas, hacen que Puerto Rico hoy, la República Dominicana ayer, Cuba antier, se alternen como la capital de la entremezcla en el Caribe hispánico.

A la entremezcla conducen las fatigas de la peregrinación y las avenencias del exilio. Porque, como peregrinos y exiliados, sobreviven muchos antillanos a lo largo de los siglos. Desde los ilustres hasta los deslustrados. Desde los que viajan en la *guagua aérea* hasta los que se arriesgan a que el tiburón los destripe. Desde los que legitima el pasaporte hasta los que llevan por carnet un hambre vieja. Desde los que la Gran Sociedad acoge y protege hasta los que la Gran Sociedad desprecia y rechaza.

Además, la peregrinación y el exilio engendran unos gentilicios que portan dos lealtades comprometedoras. A veces conciliadores, a veces problemáticos, los nuevos gentilicios remiten a unas peripecias dignas de oírse. Peripecias de los puertorriqueño-cubanos y los puertorriqueño-dominicanos. Peripecias de los dominicano-puertorriqueños y los dominicano-cubanos. Peripecias de los cubano-puertorriqueños y los cubano-dominicanos.

El son, la prietura y la errancia definen el Caribe según opinan tres de sus escritores imprescindibles: Alejo Carpentier, Luis Palés Matos, Pedro Mir. La palabra útil y artística cristaliza en las definiciones de tan ilustres creadores. Que la literatura considerada imprescindible instaura un pacto entre la palabra que propicia la utilidad y la palabra que se satisface en el arte. Pero, no solamente lo definen, caracterizan y señalan. El son, la prietura y la errancia se postulan como la bandera del Caribe entero. Una arropadora, histórica, facultada bandera de tres franjas. ¡Entrañable la una, unitaria la otra y la tercera amarga!

4.

EL PELO MALO

Todavía aquí, en esta Antilla mulatona donde suceden nuestras vidas, algunos racistas hablan de *pelo malo* y de *pelo bueno*. Todavía aquí, en este país a veces religiosillo y a veces religiosón, se utiliza un eufemismo malicioso para aludir al pelo en que remata la cabellera de media población: «No tiene el pelo muy católico que digamos». Todavía aquí se le cierra el paso a muchos ciudadanos de respetable formación profesional y constatada honestidad porque tienen la tez prieta y el pelo diz que malo.

Varias metáforas diversifican el prejuicio racial que pone en circulación el argumento del «pelo malo».

Para referirse al cabello del hombre mulato o negro se acude, con preferencia, a los términos «pelo de coco» y «pelo pasa». Para referirse al cabello de la mujer mulata o negra se improvisa un aumentativo al sustantivo pasa. Un aumentativo canalla, a vitorearse como ingenioso desde la perspectiva del prejuicio: «Tiene una pasión que mete miedo».

Pero, ¿qué es eso de «pelo malo»?

Los racistas, sean aquellos que pululan por los círculos del civismo alechado, sean aquellos que niegan ser racistas por estrategia política o conveniencia religiosa, sean aquellos que chancean el asunto cuando afirman «Mucho negro junto da calor», llaman *pelo malo* al que llamarían pelo rizo o pelo grifo o pelo crespo si manejaran el idioma sin insidias. Los racistas le imponen al cabello una categoría propia de la moral o de la patología. Lo malo, según la moral, es aquello que carece de bondad en su naturaleza o destino. Lo malo, según la patología, es aquello dañoso o nocivo a la salud. ¿*Pelo malo* el pelo de la raza negra?

No hay una sola razón para insertar el pelo rizo o grifo en los apartados de la moral, a menos que se sostenga el disparate de que el negro carece de bondad en la naturaleza o el destino. A ese terrorismo intelectual no se llega. Aunque, más de una vez, en opiniones dadas con el mayor convencimiento, pese a que los cándidos juran que en Puerto Rico no hay tal cosa como prejuicio racial, se oye decir: «Es negro pero decente». ¡Vaya oprobio socavador del elogio!

Tampoco hay razones para insertar el pelo rizo, o grifo o crespo, en los apartados de la salud. A menos que el prejuicio racial implique que el pelo rizo o el pelo grifo o el pelo crespo son pelos, innatamente, enfermos. Como se puede apreciar los prejuiciosos disparatan de una forma o de la otra.

Pero, convengamos en que sí hay un pelo malo. El pelo malo es el que se cae. Pelo malo, por tanto, tienen los calvos. Me desdigo, lo tuvieron antes que se les cayera. También convengamos en que quien tiene pelo suficiente, sea este rizo o sea lacio, tiene el pelo bueno. Mas, ¿cómo se sabe si se tiene pelo suficiente? Se sabe que se tiene pelo suficiente cuando la peinilla resulta un utensilio imprescindible.

Por ejemplo, el expresidente de México, Carlos Salinas de Gortari, hoy reducido a paria, tiene el pelo tan malo y tan escaso que apenas si le alcanza para dejarse patillas. En cambio, el empresario boxístico Don King tiene el pelo tan bueno y abundante que lo peina vuelto hacia arriba, en abierto reto a la ley de gravedad. Y el día que la vanidad lo ataque puede llevar el pelo hasta la cintura, con las secuencias propias de una melena, o recogerlo en trenza o moño, como ahora lo recogen los varones desacomplejados. Queda claro, entonces, que el único a tachar de pelo malo es aquel que hace obsoleta la peinilla.

Aunque si el prejuicio racial se redujera a hablar de pelo malo y de pelo bueno se le podría despachar como un chisme pasajero. Sí, como otro de los chismes que alimentan el cultivo de la inutilidad y superficializan la vida. Pero, el asunto que se peina detrás del *pelo malo* es uno peor.

No, los puertorriqueños no somos descorteses en el trato social con los negros, los nativos o los forasteros, aunque hemos convertido a los dominicanos en objetos contra los que lanzar las burlas e improperios, producto de nuestras antipatías raciales.

¡Aquí se practica un prejuicio racial muy tolerante! Lo sofistica la voz alta con que se condena la persecución del puertorriqueño negro y la voz baja con que se insinúa su exclusión de algunos espacios. Sí, el santo y la seña del prejuicio racial puertorriqueño lo aporta la palabra exclusión. Esa exclusión, consciente o inconsciente, se observa, de forma particular, en el universo político puertorriqueño.

El anexionismo, cuyo ideario lo sustentan las prédicas del ilustre puertorriqueño negro José Celso Barbosa, no tiene un solo gran líder negro. El autonomismo, cuyos postulados los enriquece el legado del ilustre puertorriqueño negro Ernesto Ramos Antonini, no tiene un solo gran líder negro. Y en los islotes que constituyen el archipiélago nacionalista no se destaca un solo gran líder negro, aunque el único puente que los comunica sea Pedro Albizu Campos, un ilustre puertorriqueño negro.

¿Será que el país puertorriqueño atraviesa por un veloz proceso de blanqueamiento? ¿Será que el puertorriqueño negro se ha vuelto, de súbito, invisible? ¿Será que el sortilegio de la puertorriqueña negra y la galanura del puertorriqueño negro, la sensibilidad y la inteligencia de ambos, son puros espejismos y musarañas de mentes calenturientas?

La sociedad varía el objeto de sus prejuicios, continuamente. Ayer fue perseguido el judío, hoy lo es el emigrante tercermundista, dentro de un momento puede serlo el homosexual, mañana puede serlo cualquiera que encarne la diferencia, el rompimiento de la norma, aquel o aquella que se perciba como un ente amenazador al grupo por el mero hecho de ser distinto.

Quién sabe si, pasado mañana, le corresponda al blanco ser lo otro, lo excluible, lo diferente, lo que rompe la norma, lo que se percibe como un ente amenazador por el mero hecho de ser distinto. Si así ocurriera, ojalá que, en esta Antilla mulatona, donde ocurren nuestras vidas, no se cometa la mayúscula estupidez de volver a hablar de *pelo malo* y de *pelo bueno*. Si así ocurriera, ojalá que no se les cierre el paso a los puertorriqueños de respetable formación profesional y constatada honradez, porque tienen la tez *jincha* y porque tienen el pelo diz que bueno.

2002

5.

BEMBO Y PIEL CANELA

Dos imágenes raciales, de significados opuestos y pareada lucidez, transitan por las dos composiciones más populares del cantautor puertorriqueño Bobby Capó. Una la construye el exotismo con que se pretende enaltecer el mestizaje y la promueve el bolero *Piel canela*. Otra la estatuye la caricaturización del negro mediante el resaltamiento de los labios gruesos o abultados y la promueve la guaracha *Mataron al negro bembón.*

Mas, avancemos a compendiar el pedigrí de tan célebres bolero y guaracha, previo a indagar los contenidos de dichas imágenes y sopesar su alcance político. Que la política no supone el ejercicio mediocre de la inteligencia y sí el ejercicio de la reflexión creadora, a propósito de cuanta materia atañe a la colectividad, incluida la música que se denuncia por darle gusto a las grandes masas, la música acusada de *popular*.

Nace el bolero *Piel canela*, y el rumor persiste, del fugaz alborozo carnal que juntó a Bobby Capó y a una legendaria folclórica española; alborozo al que la folclórica se entregó sin la menor pena o la menor penita. El bolero, de veloz difusión internacional, origina una película hecha en el México lindo y querido, con Sarita Montiel y Manolo Fábregas de protagonistas. La música pegajosa, la reiteración del pronombre *tú* dentro del estribillo o el ritornelo, la negociación hiperbólica que centra la primera estrofa, hacen de *Piel canela* un bolero de soslayo imposible.

Que se quede el infinito sin estrellas,
y que pierda el ancho mar su inmensidad,
pero el negro de tus ojos que no muera,
y el canela de tu piel se quede igual.

El recurso que nominaré *la negociación hiperbólica* goza de un anticipo honroso en la poesía puertorriqueña del siglo veinte. Se trata del *Madrigal* de

Peache Hernández. La hipérbole se establece en los primeros versos, un tantillo fanfarrona y prosaica, como de macho que versifica en los límites de una gallera, factual para resumir:

Si Dios un día cegara
toda fuente de luz,
el Universo se alumbraría
con esos ojos que tienes tú.

En cuanto a la guaracha *Mataron al negro bembón* sea suficiente decir que media humanidad la baila y canta. Hasta en la *coña* andaluza se la aprovecha para agitar al personal y *la Chunga* la baila en sus recitales, aflamencándola, desde luego. Meses atrás la oí repetir, hasta que se pronunció la madrugada, en un antro de la cálida Cali, llamado El Zaperoco, a donde me llevó el noctambulismo infatigable de una cuadrilla de escritores colombianos, encabezada por Óscar Collazos y Rafael Humberto Moreno-Durán, Guido Tamayo y Umberto Valverde. Ornamentó el noctambulismo una muy vistosa puertorriqueña, la periodista Gloribel Delgado Esquilín.

Salta al oído que ambas composiciones las inspira el prejuicio racial, esa repulsiva ideología con hueste numerosa en ambas Américas, todavía hoy, a la altura del siglo veintiuno. Bobby Capó, mulato galanísimo del pelo grifo y la nariz ancha, combate la mezquina ideología con las únicas tres armas que le valen a todo negro y a todo mulato para abatirla: el talento, el talento y el talento.

Sí, el talento altivece al coameño *Niño de Oro*. Lo despliega en la grabación continua de discos, en los *floor shows* de los principales hoteles del continente hispanoamericano, en la industria del cine, en la animación de programas televisivos de gran acogida, como lo fueron *Bobby Capó busca un hit* y *Jueves de Bobby Capó*.

Pero, será en el apartado de la composición donde su talento alcanzará la apoteosis. Recuérdense los textos contra-machistas por excelencia, como *Qué falta tú me haces* y *Juguete*. Recuérdense los textos que despliegan poéticas del desconsuelo, como *Por qué*. Recuérdense los textos políticos, los textos negristas como *Mataron al negro bembón* y *Piel canela*. Detengámonos, sucintamente, en estos últimos, dos regias partituras nada convencionales.

En la guaracha *Mataron al negro bembón* Bobby Capó desmonta la caricatura blancoísta que pretende equiparar el bembo de los animales con los labios abultados de la raza negra. Para neutralizar la perversión moral que la infecta, para inutilizar la voluntad de oprobio que la gestó, el insigne cantautor instala la palabra bembón en el primer verso. Consigue, de ese modo, apagarle la mecha de la burla. Consigue escamotear la posibilidad de que se la use como insulto o arma de vejamen. Consigue neutralizarla. Además, los versos más socarrones de la guaracha son un homenaje al Caribe integral, una reactualización del viejo refrán «El caribeño que no tiene dinga tiene mandinga». Véase la socarronería, véase el recordatorio de la *raja*, esa diz que herejía de la América negra, la América mulata, la América entremezclada:

Y uno de la policía,
que también era bembón,
le tocó la mala suerte
de hacer la investigación.

Opuestamente, en el bolero-son *Piel canela* se elabora un tipo ideal de belleza mestiza, de belleza incuestionable, axiomática, capaz de estremecer al Universo con su misterio y hechizo: porta unos ojos negros y la abriga una piel de amable oscuridad y aroma seductor. La oscuridad y el aroma que particularizan la belleza mestiza llevan a la invocación de un árbol exótico de Ceilán, el canelero o árbol de la canela. Es decir, llevan a la invocación de la finura máxima, según el evangelio sensual de Bobby Capó.

Mataron al negro bembón y *Piel canela* son dos imponentes registros de emoción y de opinión, dos ejemplos irrebatibles del genio compositor de Bobby Capó. Y de su inmensa capacidad para zanjar las diferencias que se suscitan, inevitablemente, entre la melodía y la letra. Y de su competencia artística para divertir y conmover. Sobre todo, de su capacidad para formular unas reflexiones creadoras, hechas sin querer queriendo, a propósito de una materia que a todos atañe, más de lo que se admite. La materia del prejuicio racial.

6.

EL PLACER INFELIZ DE ODIAR

Uno

«La esclavitud constituye el error congénito de la nación norteamericana». La afirmación anterior estremece por honesta y por relevante. Estremece, además, porque la formula Condoleezza Rice, la afronorteamericana con mayor peso e influencia en la administración republicana del presidente George Walker Bush.

La honestidad de la afirmación merece el aplauso general. En efecto, la esclavitud supone una horrorosa seña identitaria en el acta de nacimiento de los Estados Unidos de Norteamérica. Apenas cuajar, apenas organizarse bajo el paradigma nacional, apenas redactar una constitución de resonancias libertarias, apenas cumplir la mayoría de edad, los Estados Unidos de Norteamérica construyen una economía próspera sobre la explotación de la raza negra. ¡A los esclavistas de las dos Américas, y a sus refinados compinches europeos, debemos *agradecer* la ruindad de haber activado la primera macroempresa de la economía global! Una macroempresa cuyo *pet proyect* residió en la calculada inferiorización de la raza negra.

El *Pet Proyect*, o pesadilla premartinlutérica, valió de ensayo a la bestialización y posterior esclavitud de la raza negra. Una esclavitud que pisoteó el derecho elemental de la criatura humana: vivir en libertad.

Sí, el secuestro de millones de hombres y mujeres provenientes de diversas tribus y etnias africanas, junto a su traslado a las dos Américas en calidad de mercancía, obligó a habilitar rutas transoceánicas y a organizar *compañías negreras*, responsables de industrializar la esclavitud. ¿Por qué no renombrar «mar de los Esclavos» al mar Caribe, al mar de Colón?

Sobra decir que industrializar la esclavitud e industrializar la infamia son categorías gemelas. La industria de la esclavitud culminó con la bestialización, nada sigilosa, del conjunto que en Cuba se conoció por la negrada y en Perú por la negrería.

La historia a su manera, la literatura a la suya, conteniéndose en la frialdad del dato la primera, trascendiendo la frialdad del dato la segunda, contabilizan algunos de los crímenes que entreteje la industria de la esclavitud, sin lugar a dudas la contraepopeya más cruel de todos los tiempos.

La historia a su manera, la literatura a la suya, dan cuenta de la cacería del negro, de la trata o la venta del sujeto cazado, del control de los puertos donde se embarcaba y se desembarcaba la mercancía o la materia prima de la industria, de las ceremonias conducentes a la entrega de la mercancía al comprador junto a la escritura de propiedad. Legalizada con hierro caliente sobre la piel, *carimbo* se nombra la nefasta escritura.

Sobra decir que la negación de los derechos elementales a la persona negra, el saqueo a sus emociones y el desprecio a su circunstancia, en fin, su bestialización, engendraron la monstruosidad del prejuicio racial. Sobra decir que procede incluir, también, la monstruosidad del prejuicio racial entre las monstruosidades diligenciadas por las compañías negreras.

La etiqueta comercial *compañías negreras* acarrea una profecía. Pues, ¿cuál otra faena aguarda a los esclavos negros en las dos Américas sino la transformación de sus humanidades en el combustible de la primera macroempresa global? Los esclavos son las substancias sucedáneas del codiciado oro negro. Los esclavos son las metáforas anticipatorias del petróleo.

Dos

Retornemos a la afirmación de Condoleezza Rice. Si ya resaltamos por honesta su afirmación de que la esclavitud constituye el error congénito de la nación norteamericana, también merecen resaltarse la pertinencia y la relevancia de la misma. Pues, a la altura del siglo veintiuno, cuando la abolición de la esclavitud se conmemora con rango de efeméride, cuando los bisnietos y los tataranietos de la esclavitud integran uno de los grupos más reivindicados de la nación norteamericana, cuando los medios de comunicación rebautizan dicho grupo con el gentilicio de afronorteamericanos, el prejuicio racial sigue ofendiendo y agrediendo, hiriendo y matando en la admirable Norteamérica.

¿Matando?

Matando, sí. Lo confirma la matanza llevada a cabo el pasado martes ocho de julio por un hombre de cuarenta y ocho años a quien el odio a los afronorteamericanos desquiciaba, un tal Doug Williams, de la ciudad pueblerina de Meridian en la jurisdicción de Misisipi. De manera que, a la altura del siglo veintiuno, aquel error de índole congénita, aquel lunar que afea y ensombrece el rostro triunfal y ufano de la admirable nación norteamericana, aquella inmoral contraepopeya, sigue causando heridas, llagamientos y traumas, allí donde el bisturí y el escalpelo no alcanzan.

Al enterarse de los continuos insultos a los afronorteamericanos, proferidos por el tal Doug Williams, la consejería de relaciones interpersonales, adscrita a la fábrica de piezas aeronáuticas donde trabajaba, se vio en la obligación de tomar cartas en el asunto. La consejería recomendó al tal Doug Williams tomar un cursillo de ética y sensibilidad social. Como era de suponer, dado que despreciar a los afronorteamericanos lo nutría, dado que el insulto y el escarnio a los afronorteamericanos lo embriagaba, el tal Doug Williams no asistió a la primera sesión del cursillo. En cambio, se armó hasta los dientes, mató a cinco compañeros, hirió a nueve y volvió el arma contra sí.

La rapidez de los hechos no impide diagnosticar que al tal Doug Williams lo atormentaba, desde sabrá Dios cuándo, el color de la piel oscura, de la *piel sospechosa*. Tampoco impide diagnosticar la rapidez de los hechos que al tal Doug Williams lo dominaba el placer infeliz de odiar a los *prietos*, como decimos en Puerto Rico, riesgosamente. El tiempo llegará en que diremos los afroboricuas, los afroquisqueyanos, los afrocubanos. ¿Llegaremos a decir los afrohaitianos? Por lo pronto decimos los negros puertorriqueños y los puertorriqueños negros.

Tres

Algunos grandes textos negristas, como la novela *Intruso en el polvo* de William Faulkner y los dos ensayos que arman el tomo *La próxima vez el fuego* de James Baldwin, son conscientes de que la esclavitud, aquel lunar que afea y ensombrece el rostro triunfal y ufano de la admirable nación norteamericana, también causa heridas, llagamientos y traumas entre los blancos. Porque si bien son los negros quienes padecen, hasta las últimas consecuencias, las ruindades del prejuicio racial, también los blancos padecen, hasta las últimas consecuencias, las ruindades del odio racial.

Manda la decencia preguntar cuál revolución será necesaria para atajar el placer infeliz de odiar a los negros y las demás minorías, sobre todo las configuradas por los emigrantes y los homosexuales. Manda la decencia preguntar cuál revolución desmantelará tantos focos de infamia, cuál abolirá tantas esclavitudes. Allá ellos, los lectores que saben menciono, sin mencionar, la revolución de la mente. Allá ellos, los lectores que saben menciono, sin mencionar, la revolución del alma. De la mente y del alma. ¿Por qué no decir, a viva voz, la revolución de la conciencia?

7.

MACHISMO VERSUS RACISMO

¿Cuál miseria histórica se evidenciará más durante las próximas elecciones presidenciales norteamericanas: el machismo o el racismo? La pregunta se hace inevitable a once meses escasos de celebrarse las mismas. Sobre todo, ahora cuando aumenta la posibilidad de que una mujer blanca, o un hombre negro, alcance la nominación a la primera magistratura, en nombre del Partido Demócrata.

La mera posibilidad es, de por sí, motivo de júbilo. Que en «la nación esencial del Universo», como llama a los Estados Unidos de Norteamérica el perro Buddy Clinton, personaje a quien tengo especial cariño, se reconozca a dos miembros de grupos marginados como opciones válidas para encabezar el gobierno resulta loable y ganancioso, al margen de la suerte que espere a dichas candidaturas. También resulta loable y ganancioso el hecho de que los méritos intrínsecos de ambos precandidatos se intenten distanciar del género y la raza. Al fin y al cabo, la inteligencia y la fibra sensible, el talante y la honorabilidad, el liderazgo y el aplomo a la hora de tomar decisiones, nada tienen que ver con los recintos genitales ni con la pigmentación.

Desde luego, vale la pena recordar que a un sector numeroso de la sociedad contemporánea estadounidense le cuesta trabajo aceptar una verdad tan común y corriente como esa. Todavía dicho sector numeroso ve mal y rechaza la idea de que una mujer o un negro lo representen. Todavía, en el seno de ciertos ambientes retrógrados que llevan a orgullo el serlo, se añoran la mujer sumisa y el negro esclavo. Esto es el «cada quien en su sitio» que inspiró *La próxima vez el fuego*, el libro electrizante del inmenso escritor James Baldwin. Todavía, en fin, el prejuicio a propósito de lo uno y de lo otro se manifiesta con fuerza de epidemia.

Desde luego, todo prejuicio es un atentado a la razón, no solo el prejuicio contra la mujer o el prejuicio racial. La xenofobia y la homofobia son variaciones de un mismo asunto, despreciable a todas luces. Un asunto que consiste en la proclamación de una inferioridad moral basada en el origen étnico y la sexualidad alterna.

No debe asombrar entonces que, de cara a la posibilidad señalada en el primer párrafo, ya los gatilleros retóricos comiencen a reabastecer su arsenal, en ánimo de lograr el descrédito, el tambaleo y el malogro de lo que sería un regio acontecimiento. ¡Una mujer alcanza la presidencia de los Estados Unidos de Norteamérica! ¡Un afrodescendiente, cuyos abuelos aún residen en Kenia, alcanza la presidencia de los Estados Unidos de Norteamérica!

Ya empieza a esparcirse la maledicencia que pretende dañar las reputaciones de Hillary Clinton y Barack Hussein Obama. Ya se hurga y rebusca en sus vidas, con la siniestra ilusión de hallar una mancha enorme, mediante el inuendo y la calumnia. Ya se escanean los hábitos cotidianos de ambos por ver si asoma un hecho que dé al traste con la buena fortuna. Ya se empieza a criticar y burlar la voz *chillona* de Hillary Clinton y el tono *mesiánico* de Barack Obama, la pertenencia de ella al *establishment* y la *poca experiencia* de él. Incluso, ya se intenta basurearlos, ya se intenta reducirlos ¿a *escoria moral*?: hay quien pide que se *indague a fondo* en la secreta juventud de Obama y se examine el rumor del secreto *lesbianismo* de Hillary Clinton.

La política suele avenir en guerra despiadada y sin cuartel, una *guerra sucia* en la cual parece que sobra cuanto tiene visos de honradez. La política se arrabaliza, más tarde o más temprano. Como si la ambición del triunfo, de siempre inscrita en la naturaleza humana con diversos grados y matices, se colocara por encima de la decencia elemental. Lo publican, ahora mismo, los intentos de sembrar serias dudas sobre si una mujer blanca o un hombre negro son, en verdad, alternativas presidenciables.

Paradójicamente, a pesar de que ambos contendientes evitan jugar la baraja del género y la raza, sus simpatizantes y antipatizantes sí lo hacen. De manera que, gústeles o no, su atractivo electoral radica ahí, en buena medida. Ella sale a desafiar doscientos años y pico de tradición machista. Él sale a desafiar doscientos años y pico de tradición racista. Queda por verse cuál miseria histórica evidenciará mayor pujanza y cuál perderá favor. Yo me resisto a apostar.

8.

¿DÓNDE ESTÁ DIOS?

Increpar a Dios es más antiguo que rascarse. Al momento de la crucifixión Jesucristo le pide cuentas, por vía de las palabras que recoge el apóstol Mateo: «Dios mío, Dios mío, ¿por qué me has abandonado?». Moisés, líder de los israelitas, le pregunta, en tono de queja airada: «¿Por qué tratas mal a tu servidor?, ¿por qué no he hallado gracia a tus ojos?». Y ni hablar de Job, quien le reclama al mismísimo Dios unos por qué: «¿Por qué no morí al salir del seno, por qué cuando salí del vientre no expiré?».

La desigual relación del hombre con Dios precipita el infinito memorial de agravios. ¿Será que la sublime emoción de la fe se confunde, peligrosamente, con una dependencia tóxica a lo sobrenatural? Pienso en ello mientras releo el comentario de un sobreviviente al nuevo calvario haitiano. Lo recoge la periodista Mabel Figueroa, del periódico *Primera Hora*: «Se supone que vivamos amando a Dios, pero, ¿dónde está Dios? Él no está aquí».

Sin la ironía capciosa en que incurre el fiel creyente Jean Pierre Loubrous, ironía que legitima el dolor sin tregua prosperando a su alrededor, un descreyente como yo, descreyente irremediable, ha sabido preguntar algo parecido, en ocasión de viajar a Haití.

Corrían los tiempos de calvario dictatorial. Desgobernaba el sátrapa François Duvalier, tontorronamente rebautizado *Papá Doc*. Durante seis largos días no hallé donde poner los ojos que no evidenciara miseria: sin pudor me quevedizo. Regresé a Puerto Rico con lo puesto, me avergonzaba el equipaje. Regalé cuanto tenía a algunos haitianos que pululaban por la acera frente al hotel Park Plaza, donde me alojaba.

Posibilitar la chiripa era su ocupación: *guiar* al turista al Mercado de Hierro, llevarlo a la residencia de un artesano, escoltarlo a una ceremonia nocturna de *vudú*. Fingían esperar a una amiga o un amigo porque, a corta distancia, quedaba el palacio presidencial y se perseguía a los *holgazanes*. Desde luego, el palacio presidencial no era el lugar donde vivía y trabajaba el Ciudadano Presidente, sí donde se gestionaba el saqueamiento económico, intelectual y espiritual del país: las bandas de asesinos, compuestas por los *tonton-macoutes,* garantizaban el saqueamiento.

Las dictaduras se heredan: durante mi segundo viaje a Haití gobernaba Jean-Claude Duvalier, ruin como quien lo engendró, pero imbécil e imbecilista. Acababa de celebrar su boda, de una fastuosidad que repugnaba. La boda mereció la portada de la revista española *Hola*: desde luego por fastuosa, no por repugnante. De nuevo regresé a Puerto Rico con lo puesto. El callejeo incesante de tantas vidas condenadas al desempleo y a la improductividad fue la sorpresa imborrable de aquel viaje. Sin embargo, creí percibir señales primigenias de hartazgo del desgobierno de *Bola de Grasa*, apodo despectivo en *honor* a su obesidad fofa y grotesca. Cayó sí, pero cayó revestido de cien millones de dólares. ¡Una bicoca!

Muchas democracias copian los vicios de las dictaduras: durante mi tercer viaje a Haití ocupaba la presidencia Jean-Bertrand Aristide. El realce de la imagen mesiánica, de quien decente parecía, creó unas expectativas desorbitadas de alivio social. A meses escasos de juramentar se desataron la expoliación y la corruptela. Pronto el paupérrimo pueblo haitiano se volvió pauperrísimo. Pronto se reinstaló la puntual mudanza de dineros públicos a cuentas privadas. Pronto se hizo cristalino que el calvario podría ser la alegoría exacta para representar la historia general de Haití.

¿O no es un calvario el secuestro de pueblos africanos enteros, más su traslado a un mundo distante, más su reducción a fuerza laboral esclava? ¿Y no es otro el alzamiento contra la invasión napoleónica, más la forja de la primera república de negros libertos y de la primera independencia latinoamericana? ¿Y no tiene sustancia de calvario el enfrentamiento a la invasión norteamericana, las hambrunas, los ciclones furiosos, los terremotos de intensidad sobrecogedora, los daños ocasionados por una naturaleza *hostil*?

Rodeado de muertos sin sepultura, rodeado de sobrevivientes sin amparo, el ciudadano haitiano Jean Pierre Loubrous pregunta dónde está Dios. Pregunta porque cree en él, a pie juntillas, pues solo extrañamos cuanto amamos a profundidad. La gente que hace militancia del querernos. Los animales que nos regalan lealtad a cambio de comida enlatada. Los cuerpos que se nos entregan a cambio del placer como única moneda. Los besos sanadores. Los dioses inoportunamente olvidadizos.

9.

DEL COLOR DE LA HERMOSURA

No sé cuál otro peso pesado del boxeo propinó tantos golpes demoledores como logró hacerlo el legendario Cassius Clay, quien cumplió setenta años el pasado martes diecisiete de enero. ¿Los propinó Joe Louis? ¿Los propinó Sonny Liston? ¿Los propinaron George Foreman, Joe Frazier, Floyd Patterson? Los cronistas del boxeo sabrán calcularlos, así como saben calcular la velocidad que alcanzaba un puñetazo de Cassius Clay en viaje precipitado hacia el hígado del contrincante, mientras el otro puño se aseguraba de replantearle los límites de la cara.

Sé, en cambio, que ningún otro peso pesado logró propinarle tantos golpes a la conciencia del mundo, en especial a la de su país. De ahí que la influencia de «El Más Grande», como Cassius Clay se llamaba a sí mismo, en un alarde triunfalista, rebase la influencia moral de otros atletas excepcionales, provenientes de las marginalidades raciales que crecen, como yerba silvestre, tan a gusto y dondequiera. Con aludir a Pelé basta y sobra.

Sí, las hermanas Serena y Venus Williams derribaron, a fuerza de espléndidos saques y raquetazos, la insoportable muralla que le prestaba al tenis femenino norteamericano la apariencia de un excluyente planeta blanco. Sí, a fuerza de jonronazos y tiros perfectos fue como ascendieron el beisbolista Mays, el baloncelista Chamberlain y las tenistas Williams a las antologías deportivas.

Pero, el nombre de Cassius Clay, rebautizado como Muhammad Ali cuando abrazó la fe musulmana, además de enriquecer las antologías de los mejores deportistas de todos los tiempos, enriquece las páginas que relatan las luchas por los derechos civiles y las impugnaciones al prejuicio racial. Un prejuicio enfermizo y despreciable a la vez, predispuesto a fabricar un muestrario de *inferioridades* negras —pelo malo o pelo de coco, sudor anestesiante, labios abembados, nariz aplastada, sensualidad rústica, inteligencia escasa—. Ojo: que los diccionarios de psicología ya listen y definan la voz *prejuicio* revela su innegable componente neurótico. Sí, los prejuicios revelan la deficiencia mental de quienes los sostienen y difunden.

Si bien la leyenda de Cassius Clay se establece y consolida en el cuadrilátero, donde su presencia magnética impresiona, tanto por los golpes con vocación de relámpagos como por el virtuoso juego de piernas, será durante el ejercicio vigoroso del activismo racial cuando su leyenda se vuelva incandescente. De deportista célebre pasa a ser un célebre agitador de masas. De célebre agitador de masas pasa a ser hombre celebérrimo a quien libertó la libertad de ser negro.

Desde luego, la irrupción universal de una extrovertida personalidad boxística, más su negativa a enrolarse en el ejército e ir a pelear a Vietnam, así como la lucidez fanfarrona que desplegaba, dentro y fuera del cuadrilátero, le granjearon simpatías y antipatías. Nada, sin embargo, impidió que la admiración a su persona se multiplicara. Nada impidió que aquella fanfarronería lúcida le soltara la lengua y lo llevara a articular proclamas, de veras inolvidables.

De una megalomanía sublime resultaron algunas de las proclamas, como «*I am the greatest*».

Otras portaban el germen de una convicción, ajena a la duda, como «*Black is beautiful*». Para grandeza allí estaba la suya de muestra —«Yo soy el Más Grande», repetía mientras contemplaba a Sonny Liston morder el polvo de la derrota—. Para hermosura allí estaba la de su raza como innegable muestra; «Hermosa es la raza negra», repetía, mientras dejaba escapar la mirada seductora del pluricampeón vanidoso. Una mirada que los fotógrafos corrían a difundir, *urbi et orbi*.

La proclama segunda, «*Black is beautiful*», se abrió paso hasta tornarse en el versículo laico de un humanismo nuevo. La proclama, o el versículo, operó como el detonante que descarriló, o reencarriló, los complejos y las inseguridades de millones de negros alrededor del mundo. Aupados por el orgullo que les supuso el descubrimiento inesperado de la propia hermosura, millones de negros, alrededor del mundo, juraron aceptarse, celebrarse, quererse. Se juraron, también, honrar el punto de partida de sus azares y pregonar el orgullo de ceñirse a un gentilicio retador: *afrodescendientes*.

De repente, motivados por las palabras valientes de Cassius Clay, rebautizado Muhammad Ali, los afrolatinoamericanos y los afroeuropeos, los afroasiáticos y los afroindígenas y los afroantillanos emergieron del *closet racial*. De repente, el verbo inspirador de Cassius Clay, o de Muhammad Ali, resultó en espejo diáfano donde la humanidad negra aceptó mirarse, en franca paz. Una paz vigilante. Que todavía no hay vacuna para evitar la negrofobia.

A los setenta años, víctima del mal de Parkinson, el Gran Ali parece una estatua de ónix, hermoseada por la elocuencia intensa que portan algunos silencios. Asignación para algún artista visionario: esculpir el silencio que articula un hombre tan colosal.

10.

MALDITA NEGROFOBIA

¿Fecha del primer hecho a relatarse? Año mil novecientos cincuenta, siglo veinte. Un grito sobrevuela las gradas del estadio Sixto Escobar y aterriza en el terreno beisbolero: «Juega limpio, Negro sucio». El insulto se dirige a uno de los jugadores norteamericanos que, en calidad de importado, formaba parte de los equipos puertorriqueños. Algunos, como Satchel Paige y Willard Brown, son referencia insoslayable en nuestra historia deportiva.

¿Fecha del segundo hecho a relatarse? Año dos mil doce, siglo en curso. Un pirata cibernético irrumpe en la computadora de la presidenta de la

Cámara de Representantes, manipula una fotografía de Rafael Cox Alomar y desliza tras la misma una imagen del mono Yuyo, criatura legendaria en el folclor boricua por su maña para la fuga. El doctor Rafael Cox Alomar, entonces candidato a la comisaría en Washington por el Partido Popular Democrático, es un muy distinguido puertorriqueño negro, en posesión de una inteligencia a encomiarse, considerarse y respetarse.

Ambos hechos contienen miserables significados explícitos. Ambos revelan una negrofobia que horroriza, convencida de que el Negro y la suciedad son una yunta, que el Negro y el primitivismo formal componen un fracaso semejante, que el Negro encarna la inferioridad forzosa. Las fechas cuando ocurren tales hechos, expresión y obra de mentes podridas, han de subrayarse: mitad del siglo veinte y principios del siglo veintiuno.

El hecho que protagoniza el malandrín del estadio beisbolero sucede cuando apenas se gestan los sueños libertarios de Martin Luther King y Nelson Mandela. Todavía la palabra negrofobia no circula. El hecho que protagoniza el malandrín cibernético ocurre durante los años cuando la raza negra ya desafía a los supremacistas blancos, haciéndolos recular, si bien renuentes. Pues, siglos y siglos de explotación, menoscabo y desdicha, jamás consiguieron robarle a la raza negra la certeza gloriosa de que la historia acabaría legitimando sus razones. La palabra negrofobia ya circula.

Subráyese, asimismo, que los hechos citados ocurren en Puerto Rico, isla enriquecida en su esencia, presencia y conciencia por una numerosa población afrodescendiente. Aquí escasean el ario y el teutón y el blanco básico. Aquí abundan el cuarterón, el jabao, el mulato y el negro básico. Lástima que no lo supieran el malandrín del estadio beisbolero ni el malandrín cibernético. O, a lo mejor, el hecho de saberlo los violentaba: no hay cuña peor que la del propio palo.

Desde luego, la numerosa población boricua afrodescendiente, como cualquier otra en cualquier parte, no tiene un patrón fijo de comportamiento social. De ahí que abundan los miembros de dicha población que optan por redefinirse como *trigueños* o *indios*. Igualmente llaman la atención quienes escriben *puertorriqueña* a la hora de informar la raza, equiparando así nacionalidad y etnia en el afán secreto de evitar reconocerse como negros.

¿Intentan desanudar los lazos ancestrales con la remota Madre África, por medio de tan arbitraria mudanza de raíces? ¿Intentan el abandono de Madre África en un *home* para envejecientes, ubicado por las sínsoras, cosa de vivir como *indios* o *trigueños*? ¿Intentan proseguir la vida en una piel de cuño nuevo, por ejemplo la piel *puertorriqueña*? No sé.

Sí sé que en la negrofobia se concreta, con entusiasmo, una burla heridora. Lo prueba que la distinguida actriz negra Carmen Belén Richardson, fallecida recientemente, interpretara un risible personaje nombrado Lirio Blanco. Lo prueba la resistencia sin declarar, pero efectiva, a cualquier líder político cuya nariz convide a la duda, por tener una nariz INCORRECTA: ¿ha sido un sendero de rosas el empeño del doctor Cox Alomar por integrar la papeleta de su partido? No lo ha sido, lo prueba la maledicencia de los versículos negrófobos en suelo patrio: «A ese negro puestú hay que bajarle los humos».

Pero, a fin de cuentas, ¿de qué hablamos cuando hablamos de negrofobia? Hablamos de la ansiedad, el miedo o la incomodidad que produce la cercanía de cuerpos negros. Hablamos del fastidio causado por los negros indóciles que se niegan a estarse en *su sitio*. Hablamos de suspicacia y odio y rabia sorda cuando la persona negra desafía los estereotipos, se disciplina y logra sobresalir a costa de su talento y competencia. Hablamos de repulsiva intransigencia enfermiza cuando hablamos de negrofobia.

Y es que toda fobia, empezando por la que nos ocupa y terminando por otras, como la xenofobia, la lesbofobia y la homofobia, brotan del desprecio a la saludable disimilitud y pluralidad humanas. ¡Gracias demos a la Naturaleza, por hacer diferente a cada quien!

La negrofobia supone el fracaso estrepitoso de la inteligencia. Si el color de la piel o el origen afro, los rizos del pelo o el grosor de los labios, sirven de criterio para desmerecer a persona alguna, entonces el Universo detuvo su marcha en el grado cero de la estupidez.

Por ello resulta obligatorio condenar el despilfarro de odio que define la negrofobia. Resulta obligatorio denunciar su bruticie esencial, acusarla como enemiga de la civilización. Sobre todo, resulta obligatorio impugnar la negrofobia de quienes viven y medran del presupuesto gubernamental. Un presupuesto acumulado a partir de las contribuciones de la gente negra, la gente mulata, la gente blanca. Incluso de la pobre gente que acaricia la fantasmagoría de llegar a ser blanca o parecerlo.

2013

11.

¡BRAVO, LIBERTADOR!

Uno

Hoy, domingo quince de diciembre de 2013, entierran al negro más distinguido de la época contemporánea: Nelson Mandela. Las ofrendas verbales y las ofrendas florales se multiplican desde cuando se anunció su muerte. También se multiplican los decretos de periodos luctuosos y las arriadas de las banderas nacionales. Como ha muerto un hombre de estatura intelectual a punto de sobrehumana, el jolgorio se ha desatado en cada rincón del planeta. Un jolgorio creciente e incesante.

No, la categoría de jolgorio fúnebre no peca de trivial. Menos aún supone irrespetuosidad al Gran Libertador de los Negros. En cambio, recuerda que el fallecimiento de quienes vivieron para asegurar el bienestar de los otros merece coronárselo con una fiesta donde alternen la lágrima dulce y la risa amarga. Pues, en la canción de la vida, a la estrofa del llorar desmelenado sucede la estrofa del reír a carcajadas. Sí, a Nelson Mandela había que despedirlo al son de una parranda entusiasmada, integrada por gente negra, blanca, amarilla, hasta incolora o descolorida.

Los actos de recordación del «terrorista negro», como antier se despachaba a Nelson Mandela en influyentes espacios de poder, han logrado reunir en Johannesburgo a líderes de las más diversas persuasiones ideológicas y las más beligerantes confesiones religiosas. Feligreses de Cristo y de Alá, feligreses del Dalai Lama y de Marx se han personado. Muchos llegaron desde países que reprobaron el *apartheid* en Sudáfrica, con verbo denunciario. Otros proceden de países que mantuvieron apacibles relaciones diplomáticas con el régimen de los *afrikáners*. Otros vienen de países que, no obstante rechazar la institucionalización del racismo, se desentendieron de este a la hora de comerciar.

Ahora, cuando la Historia escribe con letras mayúsculas el nombre de quien se consagró a desmantelar la increíble aberración del *apartheid*, centenares de líderes de la humanidad coinciden en Sudáfrica con la gente más común y más corriente. Ello redunda en el mensaje, utópico aunque sugestivo, de que el acuerdo, la reconciliación sin humillación, la voluntad de rectificar errores son posibilidades dignas de explorarse, a como dé lugar, y a cualquier hora.

Dos

Haití y la República Dominicana son de un pájaro las dos alas. Lástima que las dos alas estén impedidas de remontar el vuelo por andar enfrascadas en el desacuerdo, la negativa a la reconciliación, la falta de voluntad de rectificar errores. Unidas por la geografía, separadas por el idioma y la cizaña racial, separadas por viejos rencores, Haití y la República Dominicana padecieron dos dictaduras feroces que retrasaron sus tránsitos hacia la modernidad; una modernidad de presencia admirable en la República Dominicana, a la hora actual. Ojo: el sátrapa Trujillo y el sátrapa Duvalier nunca fueron alas de un mismo pájaro, sí fueron alas de un mismo buitre.

Tristemente, la división entre el país haitiano y el dominicano trasciende la geografía. Tristemente, el demonio del racismo orienta hacia la suspicacia, la querella, la acusación que transportan cuatro verbos. Los haitianos piensan que los dominicanos, además de explotarlos a diario, los desprecian. Los dominicanos piensan que los haitianos, además de invadirlos a diario, los anegran. Los verbos explotar, despreciar e invadir transportan signos beligerantes. El verbo anegrar transporta un pensamiento contradictorio. Si en las Antillas mayores todo giró, siempre, alrededor de la negritud, de la negrura, del elemento negrista o negroide, ¿cómo explicar que una Antilla mayor anegre a otra? Aun así, tanta intolerancia cultivándose entre haitianos y dominicanos acabará por consecuenciar el enfrentamiento y la persecución, el abuso y el desafuero. Y, desde luego, la repatriación de haitianos. Una repatriación equivalente a expatriación en muchos casos.

¿Cuál situación legal, cuál emotividad patriótica aguarda al haitiano que ha vivido cuarenta de sus cincuenta años en tierra dominicana? El *creole* lo domina apenas, el francés ni siquiera lo domina, sus afectos familiares se restringen a los que tejió en el país libertado por Juan Pablo Duarte, Ramón Mella y Francisco Sánchez. El país, en fin, donde radican y prosperan su costumbrismo cívico y moral, sus deberes intelectuales y espirituales.

Tres

Hoy, domingo quince de diciembre de 2013, entierran al negro más distinguido de la época contemporánea. El expediente del juicio a Nelson Mandela, realizado el año 1962, juicio donde se le condenó a larga prisión, ahora se titula *Un hombre negro en un tribunal blanco*. Desde entonces, el nombre de Nelson Mandela se constituyó en antorcha contra la iniquidad que supone la criminalización por motivo de la raza. Desde entonces, con la resonancia universal que alcanzó el encarcelamiento de Nelson Mandela, el racismo se lo vio en su dimensión meridiana: peligrosa enfermedad síquica de quien lo cultiva y justifica, lo ve avanzar, pero calla.

2013

12.

TODO SOBRE LA NARIZ

Algún día tendremos que juntarnos los mulatos y los negros a sacar la cara por nuestras narices, siempre condenadas a la mofa y la rebaja estética. Algún día tendremos que decir «Basta» a los modelos impuestos por los adoradores de la llamada hermosura occidental, la llamada hermosura eterna, la llamada hermosura sin mezclar. ¿La hermosura por cuya disparatada supremacía asesinó el Führer a media humanidad?

Algún día tendremos que apartar de nuestro horizonte a los prejuiciómanos raciales y mandarlos con su musiquilla dañosa a los infiernos. Al fin y al cabo, la nariz devaluada emerge del mapa genético de la mitad del universo moderno. Un universo engendrado por cuantas tribus africanas sobrevivieron a la explotación y el flagelo y las humillaciones prosiguientes a que los sometieron las bandas de secuestradores blancos.

Pero, mientras transcurre la espera esperanzada de ese día, procede tomar las medidas que anulen la necedad de considerar la nariz mayoritaria de por acá como una feísima, a la que se le aconseja someterse al bisturí del cirujano, cueste lo que cueste. También procede desautorizar el sentimiento de inadecuación que carcome a tantos mulatos y tantos negros, continuamente juzgados por la voluminosidad de la nariz y no por la voluminosidad de la inteligencia y la sensibilidad, la voluminosidad de la fineza espiritual y la distinción ética.

Muchas veces dicho sentimiento se induce en el mismo hogar, disfrazado de cariño y broma: cariño siniestro y broma nefasta. Un sentimiento que puede amargar la niñez y la juventud y convertirse en lastimadura grave durante la adultez. Un sentimiento a combatirse antes de que disminuyan la claridad y la energía necesarias para aprender a vivir satisfecho en el pellejo propio. En dicha satisfacción radica el preámbulo a la vida útil: uno es como es al margen del gusto o el disgusto que cause a los demás. Negarse a ser uno lleva a vivir en ascuas, a autoimponerse un clandestinaje desdichado, hasta a malquererse y traicionarse.

Las aludidas claridad, energía y concentración son necesarias, además, para enfrentar a los prejuiciosos sin perder la gracia, el paso y el ritmo. El prejuicio equivale a un retrato chapucero y de trazo pésimo, garabateado con los colores de la estupidez. El prejuicio equivale a distanciarse de la civilización e internarse en la barbarie. De ahí que convengan, igualmente, la denuncia y la puesta en jaque de los modelos opresivos de hermosura. Unos modelos blancófilos a veces, blancoides otras, negrófobos las más.

Desentenderse del prejuicio y de los prejuiciosos no es tarea fácil. Sin contar con que en los países donde se practicó la esclavitud, Puerto Rico por ejemplo, el prejuicio racial parece el producto de una tara hereditaria, de maneras variadas. A veces de manera zafia: «Tiene nariz para ella y diez más». A veces de manera sutil: «Si se cerrara un poquito las ventanas nasales hasta medio graciosa se vería». A veces al son del ten con ten o el culipandeo: «No tiene la nariz demasiado católica, pero yo lo sigo respetando, si bien de lejitos».

Sabiendo como sabemos que primero entra un camello por el ojo de una aguja que el prejuicioso se cura de su enfermedad, algún día deberemos juntarnos los mulatos y los negros a desafiar la nariz *canónica* y validar la diversidad de nuestras narices. Ojalá que, a partir de entonces, ninguna de nuestras *reinas de belleza* acepte que le trasteen las fosas nasales, cosa de *corregírselas*. Ojalá que, a partir de entonces, artista alguno ilusionado con abrirse paso en Hollywood se avenga a que le *occidentalicen* el tabique de la nariz. Ojalá que, a partir de entonces, la nariz no se reduzca a carne de quirófano.

«Prefiero que me odien por lo que soy, a que me amen por lo que no soy». Las palabras anteriores las firma André Gide, el autor francés cultivador de una prosa libre de espasmo. Habrá de comprobarlo quien lea sus novelas, entre ellas mis favoritas, *La sinfonía pastoral* y *Los monederos falsos*.

Las palabras aleccionadoras del maestro francés resumen el valor y la honradez a enarbolarse en cualquier marginalidad. Sea la marginalidad sexual. Sea la marginalidad étnica. Sea la marginalidad religiosa. Sea la marginalidad racial. ¡Quedemos avisados!

13.

¿QUIÉN MATÓ AL NEGRO BEMBÓN?

Uno

Provocadora resulta la confesión. Provocadora por partida doble. En primer lugar, el matón responde al interrogatorio policial, sin evasivas, o muestras de arrepentimiento. Eso a pesar de que «*al negrito bembón, todo el mundo lo quería*». En segundo lugar, la confesión posibilita radicar el cargo novísimo de *crimen de odio*. Pues el crimen lo inspira el prejuicio racial. Un prejuicio del cual el matón se jacta: «*Yo lo maté por ser tan bembón*». Receloso, el policía a cargo de la investigación refuta, varias veces, al matón confeso: «*Esa no es razón para matarlo./ Esa no es razón para matarlo./ Esa no es razón para matarlo./ Esa no es razón para matarlo*».

La guaracha *Mataron al negro bembón*, un *thriller* en clave de farsa y relajo, culmina con la refutación aludida. Una refutación algo tímida e insubstancial, si bien ninguna guaracha aspira a ser homilía o epístola moral. Una refutación vuelta estribillo para que el sudor de los bailadores encharque el salón de baile y el gozo cunda.

Desde luego, la machaca cacofónica —*bembón, investigación, razón, matón*—, junto a la música bailable en grado sumo, la hacen una de las guarachas más conocidas de Bobby Capó. Una guaracha menor si se la enfrenta a otra mayor, asimismo centrada en la experiencia social de la *negritud*: *Las caras lindas de mi gente negra*, de Catalino Curet Alonso. Una guaracha mayor, dado que la negritud se exalta, se poetiza. Mejor dicho, se la himna: «*Somos la melaza que ríe,/ somos la melaza que ama*».

Encaro un asunto crucial previo a seguir: ¿por qué el policía se muestra receloso durante la refutación? Porque se está curando en salud, lo avisa el mismo texto guarachil: «*Y uno de la policía,/ que también era bembón,/ le tocó la mala suerte/ de hacer la investigación*».

Dos

Traigo a cuento unas declaraciones de la señora Michelle Obama, publicadas en *The New York Times*. Hechas en clave de emotividad sobria, una emotividad que traspasa la carne y el hueso, las declaraciones mantuvieron a raya la lágrima. El dolor, por tanto, contenía la obligada porción de sosiego que facilita el razonamiento.

La señora Obama, un estuche de inteligencia articulada y sensualidad vibrante, hablaba del prejuicio racial en público, por vez primera. Sobraría decir que hablaba desde la plataforma exclusiva que la historia ya le aparta: primera mujer negra en ser Primera Dama de la nación estadounidense. Habló, en fin, desde la celebridad que será su sombra, para siempre. Una celebridad que los prejuiciómanos, como bautizo a los pacientes terminales de prejuicio, aspiran a minar a través de la burla a los modos y rasgos de su raza. Unas burlas que infaman más al burlador que al burlado.

Lector, guárdeme el secreto: desprecio los altares consagrados al autobombo. Más que desprecio me causa repugnancia quien se admira y elogia, a sí mismo, con demasiado afán. Una admiración que considero huérfana de la inseguridad sana y la duda productiva. Más que repugnancia me causa suspicacia.

Sin traslucir el menor eco de autobombo, sin que la rociara una sola gota de admiración ridícula a sí misma, la señora Obama hablaba con coherencia tal que mi voluntad de lector se rindió. Una rendición conseguida por su habilidad para mostrarse ecuánime, no obstante su vida transcurrir en contextos apáticos a la ecuanimidad. La emotividad sobria que ella manifestó me impulsó a formular una pregunta de respuesta difícil, eludible, precaria. ¿Por qué se odia a los negros, con ferocidad tan peligrosa, en una nación que presume de democrática, de igualista, de libertaria?

A la pregunta inicial le junto otras más específicas. ¿Por qué el prejuicio racial no cesa ni recesa en «la nación esencial del Universo», como llamó a los Estados Unidos de Norteamérica Madeleine Albright, exsecretaria de Estado durante la presidencia de Bill Clinton? ¿Por qué el alma de una gran nación la pudre la llaga del racismo destructor, del racismo inmoral? ¿Por qué ser negro y bembón resulta motivo suficiente para disparar plomo? ¿Será que la estructura mental del prejuiciómano se ancló en los tiempos de la esclavitud? ¿Será que el prejuicio racial es la expresión de un trágico fracaso humano? ¿Será un problema de decencia elemental?

Tres

El prejuicio dibuja, siempre, un retrato falso, opinan los diccionarios de psicología. Añado: falso retrato del carácter, de la inteligencia, de la sensibilidad, de todo cuanto varía, de persona a persona, hasta hacerla persona única, persona irrepetible.

Por cierto, de quien mató al negro bembón poco se sabe. Aunque si mató a quien mató, por el mero hecho de ser un negro bembón, el matón no iba a ser, también, negro y bembón. ¿O sí podría serlo? La negrofobia no es solamente cosa de blancos. Como tampoco la gordofobia es cosa exclusiva de los flacos y la homofobia no es solamente cosa de los heterosexuales. ¿O no? *«Qué extraña es la vida»* cantaba Daniel Santos. Sí que es extraña. Pero, navegamos en su extrañeza, o naufragamos.

14.

ARCHIVO NEGRO

A la par que leía el mofador poema *Boda de negros*, de Francisco de Quevedo, me preguntaba cuándo habrá de escribirse la *Historia del prejuicio racial.* No conozco un renglón humano que se libre de su práctica, una práctica que intenta devaluar al prójimo con el color de la piel como único argumento.

A dicha historia tendrá que meterle seso y ponderación un equipo interdisciplinario, dada la voluminosidad y la complejidad del tema. Un tema a rastrearse por los campos de las artes y las ciencias, la política y la religión, las sectas cívicas. Es decir, a rastrearse dondequiera que late la vida. Tanto la vida que discurre en tono mayor como la vida que discurre entre refranes.

1. «Menos mal que no tiznan aun siendo negros».
2. «No hay negra que mal no huela».
3. «Es negro pero es buena gente».
4. «Mucho negro junto da calor».
5. «El negro la caga a la entrada o la salida».

Sobre todo en las trampas del idioma tendrá que sumergirse la *Historia del prejuicio racial*. En lo que el idioma dice con la boca de ser bruto y en lo que dice con la boca repleta de alfileres. Y en lo que dice con las palabras impronunciadas que articulan los ojos.

No se permite límites el prejuicio racial. No respeta jurisdicciones de poder ni jerarquías. De ahí que la *negritud* del presidente Barack Hussein Obama haya sido más envilecida que sus decisiones, un tanto controvertibles. También que el grosor de su nariz se haya vilipendiado más que su lenguaje, azucarado en ocasiones. Peor aún, su familia ha vivido ocho años de impugnación continua por el hecho escueto de ser negra. Contra Michelle Obama se desató el acoso en las *redes* apenas puso un pie en la Casa Blanca. Y, a punto de abandonar Washington, todavía la acosa la *jauría* que reivindica el prejuicio racial. Una *jauría* consagrada a dentellear donde más duele, si posible en «la piel pegada al alma» que conmemora Violeta López Suria, la magnífica poeta puertorriqueña a la espera del crítico que calibre y revalide su magnificencia.

Veamos dos muestras de las dentelladas.

1. Con un cobarde «Yo no quise decir eso» se disculpó Pamela Ramsey Taylor, la directora de la Corporación de Desarrollo del Condado de Clay, en el sur de Virginia, allá en la capital norteamericana. Lo que ella NO QUISO DECIR fue que Michelle Obama era una «mona en tacos». ¡Si no quiso decir eso, ¿por qué lo dijo?!

¿Padece de desconección entre la mente y la lengua la señora Pamela Ramsey Taylor? Entonces, a buscarse un mecánico de las reconexiones, que nadie está para tolerarle sarcasmos abusadores. Menos aún a alguien cuyo salario lo pagan las contribuciones de tutilimundi. Menos mal que ciento cincuenta mil contribuyentes reclamaron la salida fulminante de la funcionaria desconectada.

2. El príncipe inglés Harry acaba de protagonizar un *yeyo*. Tratándose de quien ocupa el quinto lugar en la línea de sucesión al trono inglés, no debió ser un *yeyo* plebeyo. En efecto, no fue un *yeyo* plebeyo, fue uno noble y sobrado de razón: algunos sectores de la prensa británica se han bañado en lodo

racial a la hora de cubrir la noticia de su amorío con la actriz Meghan Markle.

Pero, antes de seguir, ¿qué es un *yeyo*? Es una rabieta híper, una pataleta que resonó hasta en la Luna. *The Living Webster Encyclopedic Dictionary of the English Language* define como *tantrum* lo que el boricua nomina como *yeyo*.

Prosigo. A un periodista lo sorprendió que una *brunette*, es decir, una trigueña, atrajera a Prince Harry. La sorpresa del periodista me obliga a preguntar, desde luego sorprendido: ¿Desde cuándo la atracción se reglamenta? ¿Desde cuándo un macho blanco no puede echarle el ojo a un hembrón prieto? Otro periodista firmó la incongruencia de que Meghan Markle no responde al tipo *british*. Carájolis, ¿cuál es el tipo *british*? Otro reveló que Meghan Markle es hija de hombre blanco y hembra negra. Tantos rodeos previo a soltar que Meghan Markle es mulata, mestiza, «*birracial*» como añadió. ¡Puñétalis!

Curiosidad: ninguno comentó que Meghan Markle es una mujer realmente bella, aunque sea roja la sangre que circula por sus venas. Tampoco ninguno reveló que la belleza se salió con la suya al emerger de la armonía conseguida por los rasgos blancos de su padre y los rasgos negros de su madre. ¿Bella por mulata, bella por mestiza, bella por, por «*birracial*»?

¿No será bella Meghan Markle porque su belleza pulveriza el convencionalismo ridículo de que solo la piel blanca es bella?

La *Historia del prejuicio racial* tendrá que entrar, a fondo, en el archivo de la rebeldía negra. Un archivo que mezcla el dolor y el rencor, el atropello y el asombro por razón de tanta ignominia. Mientras se materializa la susodicha *Historia* hay que batallar contra la miseria moral que se despliega cuando se subscribe el prejuicio racial. Batallarla con el arma más desafiante, más fructífera: la certeza inamovible de que el tiempo avanza, de que el tiempo corrige la historia, tarde o temprano. Pero, si la historia se detiene hay que despabilarla, hay que ajorararla al son del empellón impaciente, furioso. En fin, hay que oxigenarla.

15.

PIEL SOSPECHOSA

Uno

Hay libros junto a los cuales se renace. Pues desafían la sensibilidad, aguzan la inteligencia, orientan en el aprendizaje de saber quién se es. Una vez uno se sabe, se conoce o se intuye, una vez uno se atreve a ser quien es, la dificultad de serlo se supera, venga de donde venga. Hay libros que iluminan, tanta luz portan. Luz intelectual. Luz moral. Luz espiritual. Luz sentimental. ¿Luz erótica? No.

Tengo por disparatada la creencia de que amará, con mayor soltura, quien lea el pasaje de la novela

Madame Bovary donde Emma y León sexogozan en la incomodidad satisfactoria de un carruaje, en marcha despaciosa por la provinciana Yonsville. Aparte de que Flaubert omite las zalemas genitales, intercambiadas por la pareja adúltera, en deferencia a la fantasía del lector: nada compite con las representaciones individuales, llevándose a cabo, en el Gran Teatro de la Fantasía.

No, a amar no se aprende leyendo, a amar se aprende amando junto a un cuerpo, encima de un cuerpo, debajo de un cuerpo. La negativa a ser un mero aprendiz de amante, más el anhelo a sobresalir como perito en caricias, estimula el aprendizaje. O así lo supongo, fervientemente.

También supongo que del peritaje en caricias germina un singular estilo de amar. Sin la singularidad amatoria no habría sonetos garcilasianos ni dúos operísticos entre Gilda y el duque de Mantua. Menos aún habría chamaquitos jugando al gallo y a la gallina en la soledad de la cocina. Tampoco un borracho en el rincón de la cantina exigiendo oír *La que se fue*, por milésima vez. Inciviles seríamos si existiéramos huérfanos de Garcilaso y de Verdi, de Rafael Hernández y de José Alfredo.

Dos

Hay versos que me acompañan por siempre, versos ascendidos a sombras sonoras. «*Deja que te sostenga con los dedos del sueño*», encarece Áurea María Sotomayor, la vibrante poeta puertorriqueña. En plan de equipaje que burla los controles de seguridad dicho verso viaja conmigo, como viajan otros, en especial deleitables. Pienso en uno del español Luis García Montero que reconcilia la pasión y la servidumbre: «*Tú me llamas amor,/ yo cojo un taxi*». Pienso en uno del chileno Gonzalo Rojas que contiene una guiñada picarona: «*Sería un error no amarnos*». Pienso en unos del inglés John Donne, forjados con erotismo subliminal y traducidos al español por el mexicano José Luis Rivas: «*Los misterios del amor se escriben en el alma./ Pero, el cuerpo es el libro en que se leen*». Hay libros que acompañan, como cicatrices imborrables. Hay libros magistrales, libros que enseñan al Lector a conocerse.

Destaca entre los libros con los cuales sigo aprendiendo a conocerme el titulado *La próxima vez el fuego*, un doblete epistolar del norteamericano James Baldwin, que tiene a su sobrino por destinatario. Aprendiendo a conocerme y aprendiendo a conocer el mundo mixturado del cual vengo. La lectura de dichas cartas me transformó. ¿Influyeron en la transformación el lugar donde efectué la lectura y los sucesos políticos que la enmarcaron? Acaso.

Tres

Entonces estudiaba en la Universidad de Nueva York, pero residía a tres cuadras de la Universidad de Columbia: 600 West de la calle 113 y esquina con la Avenida Broadway. Residía, pues, a minutos de Harlem, «norma y paraíso de los negros» según la precisa y preciosa redefinición geográfica hecha por Federico García Lorca en su libro *Poeta en Nueva York.* Con frecuencia exploré el temperamento fluctuante de aquella *norma* y aquel *paraíso*.

Por aquellos días golpeaban los portones mohosos de la historia norteamericana los sueños de justicia racial que insomniaron a Medgar Evers, Malcolm X y Martin Luther King. Unos soñadores asesinados, a tiro limpio, por el supremacismo blanco, esa fe obscena con grey innúmera. Ojo: asesinados fueron tan ilustres soñadores, pero sus sueños de justicia racial sobrevivieron, arraigaron, florecieron. Prohibido olvidar a Angela Davis. Prohibido olvidar a The Black

Panters. Prohibido olvidar el avivamiento colectivo que produjo Muhammad Ali cuando clamó «*Black is beautiful*».

La luz espiritual que irradia *La próxima vez el fuego* dotó de nueva perspectiva a mi ciudadanía racial: mulato de labios algo bembones, nariz de rancho, pelo en el umbral de *pelo malo*. También me indujo a revisar dicha conflictiva ciudadanía: abundan los compatriotas que desmienten el cultivo del racismo en Puerto Rico. Con sobrada razón apunta Isabelo Zenón Cruz, en *Narciso descubre su trasero*, libro seminal sobre el tema: «El dato más original y omnipresente del racismo puertorriqueño es la negación absurda y obstinada de su existencia». Antes, en su libro del año 1934 *Isla de la simpatía*, el poeta español Juan Ramón Jiménez, intermitentemente avecindado en Puerto Rico, observó: «Lo blanco pierde aquí sitio, calidad y valor. Los blancos son, somos, sin duda, lo otro».

Cuatro

Ojo: no fue en Nueva York, sí fue en suelo patrio donde me lastimó el vocabulario del prejuicio racial, disfrazado de chistoso para humillar en santa paz.

1. Labios bembones. 2. Mulato con nariz de rancho. 3. Pelo casi *malo* y pelo *pasa*. 4. Tiene un *greñero* que asusta. Resté importancia a las lastimaduras, menores en comparación con las graves sufridas por familiares próximos. Aun así, la lectura de *La próxima vez el fuego* alborotó mi sesera mulata.

No hay mal sin bien. Juré minar la indecencia que el prejuicio racial esparce, a la hora siniestra de justificar su ascosidad preferida: piel negra y sospecha son una misma realidad. Sospecha por los delitos aún sin cometer. Sospecha de una ruindad congénita. Sospecha de una mediocridad insuperable. ¡Hasta la mera satisfacción de existir desacomplejado se le impugna: *negro puestú*.

Cinco

Me enfervoriza el halo bíblico que relampaguea por el título del libro fundamental de Baldwin: la próxima vez que Dios pierda los estribos arrasará, fuego mediante, la jaula de locos apodada *mundo*. Me admira el rigor observado en la bilogía epistolar a la hora de pormenorizar los discrímenes que la abolición nunca abolió. Me emociona el repaso de las batallas libradas por la humanidad de piel sospechosa. Me enorgullecen los triunfos alcanzados tras muchas de esas batallas.

El aplomo relator le agrega veracidad a los hechos que James Baldwin repasa. Además, la pulcritud de la prosa evoca otras cartas, de intención diferente, pero también condenatorias de afrentas y perfidias. A tres quiero aludir, someramente.

1. La carta apologética que sor Juana Inés de la Cruz le escribe a sor Filotea de la Cruz, personaje falso tras el cual se oculta la persona verdadera del arzobispo de Puebla, Manuel Fernández de Santa Cruz. A quien tenía prohibido escribirle por razón de su «inferioridad» jerárquica: Arzobispo él, monja ella. Apologética sí, de una vocación escritural que censuraban los prejuicios eclesiásticos: «Desde que me rayó la primera luz de la razón, fue tan vehemente y poderosa la inclinación a las letras, que ni ajenas reprehensiones —que he tenido muchas—, ni propias reflexiones —que he hecho no pocas—, han bastado a que deje de seguir este natural impulso que Dios impuso en mí».

2. La carta resentida que Franz Kafka le escribe a su padre Hermann, el regañón que no cesa. Regañón sí, que Hermann Kafka nada más sabía regañar, fastidiar, desmerecer, humillar cuanto decía y hacía quien ya se perfilaba como escritor a tomar muy

en cuenta. El temor visceral a su padre llevó a Franz Kafka a desistir de enviarle la carta. Que la encontró Max Brod, su editor, entre los papeles póstumos del checo inmortal.

3. La carta de reproche que Oscar Wilde le escribe a su *gigoló*, lord Alfred Douglas, el cabrón que no cesa. Un simple *gigoló*, sí, que el lorducho vividor no daba la talla para *amante*. Para ser tal le faltaba enjundia amorosa, le faltaba rectitud existencial, le faltaba HOMBREDAD. Como hombredad nomino el ardor que, a más de llamear el pabellón genital, obliga a la constancia y al afecto franco.

Seis

Reitero, el aplomo relator le añade sustancia a *La próxima vez el fuego*. Extraigo de la «Carta a mi sobrino en el centenario de la emancipación» su oración capital: «No se supone que aspires a la excelencia, se supone que hagas las paces con la mediocridad». Extraigo de la «Carta desde una región de mi memoria» la idea principal: «los conflictos raciales se atenúan siempre y cuando el negro transija el arbitrio unilateral del blanco».

Faltaría más: James Baldwin no hace las paces con la mediocridad, ni condesciende a tolerarla ni a ocupar el lugarejo que el blanco le asigna al negro. Por lo contrario, asume la denuncia de los mil y un usos del abuso racial como principio rector de su existencia. La denuncia y el desafío.

Siete

Como Año Baldwin celebra el 2017 su legión de admiradores. Celebran el andamiaje denunciario que sostiene su trabajo. Celebran su versatilidad creativa: novelista, ensayista, dramaturgo. Celebran su elocuencia dondequiera se justiprecia la *negritud*: el martiniqueño Aimé Césaire habilita la circulación del galicismo *negritud*.

La celebración incluye el lanzamiento del excelente documental *I am not your negro*, del haitiano Raoul Peck. Narrado por el destacado actor Samuel Jackson, suscitan el documental las treinta páginas del manuscrito inédito en que Baldwin rememora los asesinatos de Evers, Malcolm X y Luther King.

El *postracismo*, un nuevo *post*, objeta el Año Baldwin. Algunos *postracistas* alegan que la presidencia de Obama desbarata el prejuicio racial norteamericano. ¿De veras? Bueno, la profundidad analítica y la elegancia, sin poses, de Barack Hussein Obama agrietan la sospecha que el prejuicio le espeta a la piel negra. Mas, *Donald el Impeorable*, capitán del barco *Trumpanic* sucede en el cargo a *Obama el Inmejorable*. Apenas empuñar el timón el *Impeorable* sustentador de prejuicios improvisa otro: la piel mexicana es sospechosa, asimismo.

Ocho

El recuerdo atropella el orden. Mientras hilo estos fragmentos sencillos, en homenaje al libro como llave portentosa, me distraen unas palabras que Goethe asciende a decreto: «Para hacer algo es preciso ser algo». Afín con el decreto reflexiono que James Baldwin consigue hacer algo porque él es muchísimo más que algo. Lo supe, después de reseñar *La próxima vez el fuego* en el periódico puertorriqueño *El Mundo* y después de conocerlo, personalmente.

Fue durante el transcurso de una sesión dramatúrgica en el legendario Actors Studio. Me invitó a la misma el chileno Luis Alberto Heiremans, becario de la fundación Fullbright tras estrenar en Santiago los dramas *Versos de ciego* y *El abanderado*.

¿Afinidades selectivas?: honrado en el discernimiento y el disentimiento, James Baldwin me cayó requetebién apenas escucharlo opinar, sin hundirse en la ampulosidad ni la grandilocuencia ni la bocONería. Después, para mi suerte, junto a Heiremans y Arthur Kopit, coordinador de las sesiones dramatúrgicas, aterrizamos en El Deportivo, fonda boricua cerquita del Actors Studio.

La simpatía recíproca posibilitó que nos reencontráramos en Chelsea, el barrio manhattanero a pasos del transgresor Green Village. Lo confieso: me seduce la inteligencia que se abre paso, al margen del aspaviento. Además, James Baldwin era un célebre escritor de sensibilidad bien manejada y yo era un aprendiz de soñador.

¿Dato cumbre de tal amistad, que resiento por breve, si bien inolvidable? A James Baldwin le resultaba fatigoso el *yo de pecho*. También le resultaba ajena cuanta actividad lo distanciara del clamor por su raza negra. El desglose apasionado y apasionante de ese clamor transforma *La próxima vez el fuego* en un libro esperanzador, aun cuando lo materialice el desamparo.

16.

SONATINA MULATONA

Uno

Tras alertar que la princesa está triste Rubén Darío formula una pregunta en ánimo de inquietar al lector. Al lector y al oyente, que siglo y pico después de componerse *Sonatina* se sigue oyendo, si bien se le intenta lijar la eufonía y economizar la ritmicidad. ¿En nombre de qué? Diz que en nombre del repudio al verbo florido en los tiempos del tuit.

Lijarle la eufonía y economizarle la ritmicidad a cualquier poema de *Prosas profanas*, libro al cual pertenece *Sonatina*, equivale a dinamitar un patrimonio de la humanidad. Ni la consonancia y la aliteración, la ocasional cacofonía y el saboreo del lenguaje altísono deben *negociarse* cuando se declama *Sonatina*. Pues dichas modernidades y profanaciones hicieron monumental el poema. Uno infaltable en las ceremonias que juzgaban la declamación como enaltecíente y fina.

Dos

Las ceremonias de graduación y las ceremonias fúnebres, la ceremonia democrática por antonomasia. Las bodas de papel, las bodas de cristal y las bodas de oro. Las jumetas, hasta caerse de culo, en el nombre sacrosanto de la *bohemia*. Las rupturas amorosas que inspiraron a un poeta muy leído y muy ninguneado: «*Pero te digo adiós para toda la vida, Aunque toda la vida siga pensando en ti*».

Ninguneos aparte, irracional me luce la alusión a *toda la vida* en el poema más famoso de José Ángel Buesa. De las tormentas por venir nada sabe el navegante hasta que el viento ulula y el cielo se aborrasca.

Desde luego, hay caricias fugaces que se recuerdan toda la vida, pese a ser caricias sin lijar y ajenas a la ritmicidad que les negaron la ocasión y la prisa.

Y hay cautelosas miradas declarantes de interés que se añoran toda la vida, quizás porque a nada llevaron.

Amarga escribir que nada es para siempre. Ni la caricia atropellada ni la mirada náufraga ni el deseo. Bueno, tal vez el deseo sí es para siempre, siempre y cuando se lo procure en nuevo cuerpo y nueva habitación.

Tres

Tantísimo entusiasmo suscitaba la declamación *in illo tempore* que las multitudes abarrotaban los estadios y los teatros con el propósito de disfrutarla. Apoteósicas resultaron las comparecencias de la legendaria declamadora argentina Berta Singerman al teatro de la Universidad de Puerto Rico. Fueron apoteósicos los recitales del poeta ruso Eugeni Evtuchenko en los estadios de Leningrado: ningún totalitarismo acontece huérfano de poeta.

Hoy el reguetón sustituye la declamación. En concordancia hoy la declamación se juzga artesanía mohosa o cursilería. Dicho juicio errado y abusador ofende a más de uno. A Juan Peineta digamos, recitador de oficio y personaje harto ridículo de *Cinco esquinas*, otra novela *buffa* de Vargas Llosa: en *Cinco esquinas* se intercambian, a perfección, la hilaridad que emana de las lágrimas y el dramatismo que la risa corrompe. Igualito a como ocurre en *Pantaleón y las visitadoras*. Igualito a como ocurre en *La tía Julia y el escribidor*. Igualito a como ocurre en *Travesuras de la niña mala*.

Cuatro

Luego de alertar que «*la princesa está triste*», luego de inquietar con la pregunta «*¿Qué tendrá la princesa?*» el nica inmortal desglosa la sintomatología de la tristeza.

1. Los suspiros se escapan de su boca de fresa. 2. Ha perdido la risa. 3. Ha perdido el color. 4. Quiere ser golondrina. 5. Quiere ser mariposa. 6. Quiere tener alas ligeras y bajo el cielo volar.

¿Que qué tendrá la princesa? Tiene una depresión crónica, aunque siglo y pico atrás le diagnosticarían tedio, melancolía, aburrimiento, esplín, fastidio, nostalgia de nada. Ergo, la curación de la princesa no se le encargaría al antidepresor Prozac, sí a la boca del feliz caballero que la adora sin verla y le encenderá los labios con un beso de amor.

El poco original *happy ending* lo augura la enfermera que maneja tales asuntos. Una enfermera disfrazada de hada madrina. Porque *Sonatina*, a más de patrimonio intangible de la humanidad, constituye un poetizado *thriller* en formato de cuento de hadas: avisado quedas Guillermo del Toro.

Cinco

Por la encendida calle británica, entre dos filas de blancas caras, va majestuosa la mulata Meg. Por megamami, por megasensual y por megachula, la mulata Meg podría ser chozna de Tembandumba.

¿Qué significa *chozna*? Chozna significa tátara-tátara-tátara bisnieta. ¿Quién es Tembandumba? Tembandumba es la majestad negra que Luis Palés Matos fue a buscar a la Quimbamba, región remota de «*la jungla africana*».

Tembandumba de la Quimbamba avanzaba culipandeando por la encendida calle antillana, entre dos filas de negras caras. Tembandumba de la Quimbamba enardecía a los cocolos con los meneos del caderamen. Unos cocolos haitianos y jamaiquinos que la motejaban «Flor de Tórtola» mientras discutían cuándo olerla y por dónde tocarla. Unos cocolos puertorriqueños, dominicanos y cubanos que la apodaban «Rosa de Uganda» mientras le rogaban estoicismo al animal insomne entre las piernas.

Seis

La duquesa está alegre. ¿Qué tendrá la duquesa? Para empezar tiene una piel canela que enardeció a un príncipe de la dinastía Windsor, así como Tembandumba de la Quimbamba tenía una piel prieta que enardecía a los cocolos. Lúcido hasta deslumbrar Paul Valéry preceptúa: «La piel es lo más profundo».

La duquesa está alegre. ¿Qué tendrá la duquesa? Pues tiene alegría de sobra. En el plazo de una mañana pasó de ser la correcta actriz Meghan Markle a ser princesa real en tanto que mujer del príncipe Harry. A los pocos minutos de ser princesa real pasó a ser duquesa de Sussex porque la abuela hizo duque de Sussex a su nieto, el príncipe Harry.

El príncipe Harry es el auténtico personaje central de este cuento de hadas que escribió la realidad. Transgresor, con los gemelos en su sitio, el príncipe Harry renegó de la pendejada antihistórica de la sangre azul. Y le dio de codo a las princesas europeas. Y rompió con la tradición de casarse para quedar bien con los demás a riesgo de quedar mal consigo mismo. Y se casó con una hembra de pelo *amenazador*, como sataniza el pelo grifo el excepcional escritor y repulsivo negrófobo caribeño Vidiadhar Surajprasad Naipaul. Caribeño sí. Que en el Caribe, donde abunda la raza negra, la negrofobia se niega a morir.

Siete

Los negrófobos caribeños están que trinan con el bodorrio del príncipe Harry y la mulata Meg. Lo constato mientras viajo a Old San Juan en la guagua que atraviesa por Puerta de Tierra, barrio habitado en su gran mayoría por *vulnerables*, como la clase gubernativa actual rebautiza a los pobres y los menesterosos y los que nunca sabrán de puestazos y sueldazos. A menos que se emputezcan, desde luego.

Iza el banderín de la negrofobia la señora negra con quien comparto asiento guagüil. Sin dirigirse en particular a ningún pasajero la señora negra vomita su rabia negrófoba: «No quiero saber de esa jodía negra que no fregará un jodío plato el resto de su jodía vida».

Malhumorado también, un hombre que viaja con una caja de cartón dentro de la cual lleva un perro, corrige el rechazo: «A mí me enchula la jodía negra porque tiene un jodío tumbao». Volveré a ver al hombre y su perro. Ambos mendigan por la calle Recinto Sur de Old San Juan. El perro, bola de nieve simpática, opera como anzuelo que atrae el pesito y la pesetita del turista.

Como nadie responde al rechazo de la señora ni a la corrección hecha por el hombre con perro, evoco a Celia Cruz cantando el megaéxito de Fernando Osorio *La Negra tiene tumbao*. Celia reinaba cuando guarachaba. Corrijo, reinaba e imperaba como reina y como impera la abuela del príncipe Harry. El escenario le valía de imperio a Celia.

Ocho

Ya en La Bombonera, mientras aguardo a que el camarero Ricky me prepare el café, rumio para mis adentros ¿con qué tiempo *esa jodía negra* va a fregar plato alguno cuando la abuela del marido le ha impuesto aprobar un jodío seminario de refinamiento y protocolo con duración de medio año?

Medio jodío año recitando «*La sopa se trae a la boca, la boca no se lleva a la sopa. La sopa se trae a la boca, la boca no se lleva a la sopa*». Medio jodío año combatiendo su manera natural de sentir y existir. Medio jodío año achicándose y menguándose para alcanzar la estatura de duquesa. Medio jodío año desvirtuándose a cambio de ser bienvenida en la jaula de mármol del palacio real.

Nueve

¿Qué pasaría si cuanto atrajo al príncipe Harry de la mulata Meg, descontada la piel canela y descontado el pelo rizo, fuese su manera natural de sentir y existir y el ímpetu espontáneo de su persona *plebeya*? ¿Cómo conciliaría el príncipe Harry su enamoramiento franco de la marginalidad seductora que la mulata Meg encarna con la caricatura tipo Xica da Silva que podría causar el jodío medio año de lija y arritmicidad? ¿Le lijará el cursillo el ritmo del tumbao?

Diez

Qué pena no poder decir: «Allá ellos que son blancos y se entienden». Qué bueno poder decir: «Allá ellos que siendo príncipe y mulata se entienden». Qué sabroso poder recordar los versos del inglés

John Donne: «*Los misterios de amor se escriben en el alma,/ pero el cuerpo es el libro en que se leen*». Por cierto, las Naciones Unidas deberían iniciar sus misiones de alfabetización enseñando a leer tal libro. ¿Facilitó su lectura que el blanco Harry y la mulata Meg se agruparan? Sabrá Dios.

17.

SOY NEGRO Y QUÉ

Uno

Tres palabras agónicas constituyen el epitafio que aguarda por su inscripción en la tumba de George Floyd, el ciudadano norteamericano de la raza negra miserablemente asesinado por el policía de Mineápolis, Derek Chauvin. Son tres palabras desde hace tiempo integradas al capítulo deshonroso de la historia de los Estados Unidos de Norteamérica. Son tres palabras que, sin el menor rodeo, compendian la saga nada poética de la raza negra en un mundo donde el supremacismo blanco se impone como doctrina retorcida y como siniestra convicción política. Incluso como una contra-ética que respalda un colectivo numeroso, empeñado en desestabilizar el curso digno y honrado de las vidas negras. Desestabilizar su derecho a prosperar y a agenciarse una vida sin mayores estrecheces. Desestabilizar el derecho a reivindicar la humanidad plena que se concreta en sus personas y sueños preciados.

Porque, más allá del homicidio caprichoso suscitándolas, dichas palabras notifican la perpetuación de un salvajismo racial en los Estados Unidos de Norteamérica, que parece incontrolable. «No puedo respirar» fue la queja, o la protesta, que emitió George Floyd mientras Derek Chauvin, el oficial de *la ley y del orden*, le colocaba su rodilla sobre el cuello, impidiéndole el movimiento, la respiración, la vida al fin y al cabo. Una queja, o una protesta, condensada en tres palabras agónicas, balbuceadas en la antesala de una muerte, solo calificable por la palabra *atrocidad*.

Dos

De continuo retomo tan ominosas palabras, resonantes en tanto que acabadas de pronunciar. Las mismas vuelven a colocar en el primer plano del noticiario mundial una realidad capaz de ensuciar y degenerar la fórmula de nación indivisa sobre la que se erigen los Estados Unidos de Norteamérica. Y es la tal realidad que el desdén allí institucionalizado, contra la raza negra, ni cesa ni recesa, ni afloja ni amaina, al margen del histórico arribo a la presidencia de la nación del insigne ciudadano negro Barack Hussein Obama y al margen del histórico arribo a la vicepresidencia de la nación de la confiable ciudadana negra Kamala Harris.

El desdén reactiva, momento a momento, una lógica del mal que legitimaron los tiempos cuando la ley amparaba la esclavitud. En virtud de tan grotesco corpus legal el amo blanco podía reducir a bestia su propiedad negra, podía atrofiar el potencial de su inteligencia, podía frenar la mínima expresión de su individualidad.

Por ello, la súplica de compasión que late, agitadamente en las palabras finales de George Floyd, adquiere una repentina eternidad. Porque el desdén institucionalizado contra la raza negra habrá obligado a millares de negros, a lo largo de los siglos, a suplicar compasión cuando ya no pueden respirar a causa de un impedimento que trasciende su voluntad. El impedimento, maltrato o abuso puede desembocar en el abrazo de unos enunciados desalentadores que repiten millares de negros, por el estilo de *Así no sé vivir, Así no quiero vivir, Así no puedo vivir.*

Me pregunto, con el alma desolada por la zozobra, a dónde pueden llevar el *no saber vivir* y el *no querer vivir* y el *no poder vivir.* Peor, a cuáles tomas irreflexivas de decisiones empujan, a cuántas conclusiones precipitadas autorizan. Me pregunto, además, de cuánta inteligencia enriquecedora pueden llegar a privarnos los tales enunciados, cuánto talento provechoso a las ciencias, a las artes, a los deportes desencaminan. Sobre todo, cuánta posibilidad se desperdicia cuando se permite que las circunstancias que preceden el *así no* las solucione la rendición, el abandono precipitado del *ring.*

Tres

Demás estaría decir que el adverbio *así* rechaza y condena el desdén institucionalizado contra la raza negra. Pero, no logra impedirlo. A diferencia del aborrecible virus Covid-19, contra el que se batalla promisoriamente en cada esquina de nuestro planeta, el aborrecible virus de la negrofobia parece imbatible.

Y sus variantes incontables desbordan la mera posibilidad de rastreo. Aún la gente respetable no consigue sustraerse al deleite calladito de sacar las uñas en tratándose del repugnante prejuicio racial.

Entonces, en función del deleite calladito, el prejuicio racial desemboca en caricatura burlona. Entonces, el *retrato* de la gente negra se rebaja a señalar la mengua sistemática de su inteligencia y a la crítica de sus modos y modales. Entonces, si estos negros son impresentables por *presentaos* aquellos otros son impresentables por *greñús*, por *narizones*, por *bembones*. Entonces, si estos negros son impresentables por estar faltos de roce social, aquellos otros son impresentables por falta de una escolaridad razonable.

Cuatro

Agradezco una gran lección del desafío que sirve de título a este escrito nada pretencioso, ahora a punto de terminar. Para que el sufrimiento, la dificultad y la ingratitud consignen algún sentido procede aprender siquiera una lección. Los últimos años del siglo veinte se revelan como tiempos ofertantes de lecciones. Las más provechosas, las más atrayentes, merecen estudiarse bajo los chorros de *«aquella luz no usada»*, pródiga en serenidades, que el gran poeta renacentista halla en la música. Esto es, en la imperecedera armonía que urge al cumplimiento de lo responsable y lo justo.

2022

18.

HAITÍ EN EL CORAZÓN

Uno

Mentiras perversas hay que, de tanto circular, alcanzan la licencia de verdades. Una mentira perversa reduce el país haitiano a fracaso insuperable. Por perversas las mentiras soslayan un par de datos repugnantes: los gobiernos podridos fomentan la corrupción y toleran la impunidad de los corruptos, en los gobiernos podridos la Justicia cierra filas con las injusticias.

Escribo Haití e invaden la memoria, como si emergieran de un documental fílmico, secuencias de la podredumbre gubernamental. La podredumbre da pie al crimen sin pausar, a la regularización del secuestro, al atraco a los comercios, hasta al asesinato por encargo: el 7 de julio del 2021, pandilleros asesinaron a Jovenel Moïse, presidente constitucional desde 2017.

La podredumbre generalizada impide la evolución del país a su alcance y medida y en concordancia con el lugar a ocupar en el mundo actual. Es decir, un país democrático en el significado irrebatible del vocablo: urnas sujetas a la contabilidad pulcra, urnas inmunes al traqueteo, urnas representativas de la diversidad poblacional. Lástima que la podredumbre obligue a media población haitiana a encarar una disyuntiva aterradora: migrar hacia la incertidumbre o mal morir en terreno patrio.

Hitlerías aparte, también aparte los risibles supremacismos del pellejo, repitamos que humanidad y diversidad son aguas de un mismo río. Rabie quien rabie, machaquemos que somos diversos y particulares. Incluso los utensilios de sobrevivir, que rematan en la mano, dan noticia de la particularidad en la diversidad. ¡Hasta el nombre y el tamaño singularizan los dedos! *Meñique* el chiquitín y *Pulgar* el regordete, *Del Corazón* el larguirucho, *Anular* el porta anillos, *Índice* el que indica, señala y acusa. Diversos y particulares y supeditados a la mano.

Dos

Un repaso somero de su historia revela que nunca le faltó a Haití una ciudadanía volcada en la ayuda al mejoramiento del haitiano que nació pobre y empobrecieron los sucesivos gobiernos podridos. Nunca faltó en Haití una ciudadanía abrazada a la política de hechura responsable, la ciudadanía ansiosa de participar en la empresa digna de hacer próspero el país natal.

Dato que agrada repetir: posterior a la nación norteamericana fue Haití el segundo recinto colonial del Nuevo Mundo en transformarse en República, influido por el expansivo trueno libertario de la Revolución francesa. Un trueno propiciante de las ideas que quiso dignificar dicha revolución: *Libertad, Igualdad, Fraternidad.* Una revolución que transfiguró la historia universal, la alentó la Revolución norteamericana, suscitó conmemoraciones allende el país francés: el líder político puertorriqueño, Celestino Iriarte, bautizó Libertad, Igualdad y Fraternidad a sus tres hijas.

Hito civilizador. Hito vanguardista. Hito educativo. También Haití fue la primera nación de raza negra que floreció en estos lares. Lo fue, no obstante el repulsivo prejuicio que confrontaría aquel ensayo libertario, puesto en marcha triunfal por esclavos e hijos de esclavos. Que se negaron a seguir siéndolo. Que, seguros y sin flaquear, se enrolaron en la reivindicación de su derecho incuestionable a la libertad.

Tres

La historia desconoce otra raza más subestimada y vilipendiada que la negra. A la par desconoce otra raza más comprometida en la lucha contra la subestimación y el vilipendio. También contra el empeño desgraciado de rebajar la piel negra a inferior o *sospechosa*. También contra el afán de socavar la confianza de quienes habitan su piel negra sin incomodidad ni autodesdén. Bien dijo un poeta anónimo: «*Noche tras noche la medianoche bebe la luz patrimonial de la piel negra*».

Entonces, ¿cómo entender que el libertador de libertadores, Simón Bolívar, temiera que la «*pardocracia*» se asentara en Colombia si a los colombianos afrocriollos les llegara a parecer Haití un modelo digno de imitación y copia? Lo aprendo en el libro *Olvidos y ficciones*, del gran historiador colombiano Alfonso Múnera.

Cuatro

Escribo Haití y planea sobre la escritura la sombra funesta de los dos *duvalieratos*, esas dictaduras que masacraron el ápice de oposición a partir de un apellido: Duvalier.

Avergüenza el descaro en que consiste elevar el apellido a mérito «intrínseco», aunque sea una casualidad de garantía escasa. Más aun, un accidente cuasi genital del cual hay que recuperarse por vía del trabajo digno y el respeto a toda persona que milite en la decencia.

Desoiga el Lector el refrán que sentencia «*Hijo de gato caza ratón*». Abunda el manganzón que, aun siendo hijo de gato, jamás caza siquiera un ratonzuelo. Abunda el hijo de gato que, treinteañero ya, desayuna y almuerza y cena los ratonazos cazados por su papá, reducido a *Sugar Daddy*. Abunda el hipervago hijo de gato que solo come el ratón a la parrilla hecho llegar por *Papi* en bandeja de plata y servicio Uber. Abunda el muy gentuza hijo de gato que imprime el apellido en los preservativos, de látex extrafino, que *Papi* le costea.

Cinco

La fotografía, publicada en el periódico puertorriqueño *El Nuevo Día*, que Xavier Araújo extrae del padre haitiano con el hijo en brazos, me obliga a repetir «*Escenario del alma es la mirada*». Tanto me conmueven las emociones acuarteladas en los dos rostros, que la bautizo *Inocencia y Pesadumbre*. Lejos de casa, bendecido por la distancia a pesar de los pesares, el padre y el niño se reducen a meros datos numéricos del nuevo Haití. El Haití que migra, el Haití que recala en barrios de países lejanos donde se abominan su presencia y su raza. Unos barrios donde la intimidad es lujo al alcance de nadie: la calle pública cumple la función de dormitorio, cocina, letrina, ducha, precaria intemperie donde amarse. ¡Amar regala salud en cualquier circunstancia!

No conozco al fotógrafo Xavier Araújo, tampoco a Benjamín Torres Gotay, periodista del más alto nivel que firma los reportajes donde sorprende la fotografía *Inocencia y Pesadumbre*. Me desdigo: de ambos conozco lo único que debo conocer, la intransigente solvencia profesional. Magnífico cautivador de imágenes el uno. Autor el otro de reportajes elaborados con una lucidez experta en agrietar el maquillaje con que el oficialismo persiste en recubrir escándalos. Unos escándalos que Torres Gotay escudriña e interpreta con sano juicio y expresión pulcra.

Seis

Verdades honradas hay que, si se las sostiene con convicción, descarrilan las mentiras circulantes en su contra. Haití no es, ni remotamente, un fracaso insuperable. Sí es víctima del atropello histórico de siglos, de los duros embates de la naturaleza y del paranoico menosprecio a su raza y su nación, hoy desparramadas por los caminos retorcidos de la Historia.

Desmanteladas sus espiritualidades tras los secuestros masivos que intentaron bestializarla, proscritos sus idiomas y sus hábitos, la raza negra y la nación haitiana aún persiguen una segunda oportunidad. Muy mucho la merecen. Eugenio María de Hostos, a quien hace bien leer y releer, opina: «Ni aún el placer de la verdad es tan intenso como el placer de la justicia».

19.

BAILAR CON LOS NEGROS

Uno

La bibliografía afroinspirada enriquece las librerías, de un tiempo a esta parte. El hecho confirma el interés generalizado por la piel negra, esa que el supremacismo blanco condena a *sospechosa*. Felizmente, la piel negra se eterniza sin descanso. Pues el deseo de muchedumbrarse empapa los cuerpos de piel negra, insaciablemente.

El distinguido crítico Ramón Luis Acevedo califica tal *fenómeno* bibliográfico como «auge del tema que pudiéramos llamar negrista».

Descartemos la ingenuidad: no solo el prejuicio racial se ocupa de estigmatizar. También se ocupan de hacerlo los prejuicios étnicos, los prejuicios ideológicos, los prejuicios políticos, los prejuicios sexuales, los prejuicios religiosos. Incluso los deportivos: los insultos contra los atletas negros arraigan por los estadios hoy día.

Todo prejuicio intenta humillar, desmerecer, ridiculizar. Opina el prejuiciómano que la diversidad del género humano no existe. Yo opino lo contrario, aunque yo no importo. Sí importa que la diversidad lleva la autoría inconfundible de la Naturaleza.

Dos

Quiéranlo o no los prejuiciómanos, en la diversidad se manifiesta el fundamento primordial del género humano. Un género integrado por cuantos habitamos en arquitecturas semejantes, aunque las arquitecturas semejantes alberguen emociones desemejantes.

Sí que se semeja, más o menos, la arquitectura corpórea entre una persona y otra. La cabeza y el rostro. El torso y los brazos. El pabellón genital hembraico y el pabellón genital hombreico.

Sí que se desemeja el repertorio de emociones entre una persona y otra. Las simpatías y las antipatías. Las coincidencias y las disidencias. Las creencias y las descreencias.

¡El supremo acontecimiento humano lo ratifica una paradoja luminosa: ¡AUN SIENDO TODOS IGUALES SOMOS TODOS DISTINTOS!

Tres

El apego fanático a la idea malsana de un género humano uniforme lleva al prejuiciómano a odiar la diversidad, a procurar su exterminio si ello se facilita. Hitlerías las hubo, hitlerías las hay, hitlerías las habrá: el fanatismo es locura que no tiene cura.

Repitámoslo: no empece el prejuiciómano desgreñarse, chillar y pataletear, el género humano y la diversidad configuran una pareja de divorcio imposible. Negarlo implica demagogia. O politiquería crasa. O diligencia de cuanto *esloquillao* se guilla de portavoz celestial.

Toda vida supone una novela inescrita. Todos somos personajes sin aprovechar. Lo ratifican las manías que cultivamos y los defectos que ostentamos: *YO soy así, Que lo digo YO, YO sí que no*. Hasta las manías y los defectos nos individualizan, nos diversifican.

Cuatro

De la bibliografía afroinspirada que enriquece las librerías, al momento actual, participan la narrativa y la poesía, la exégesis crítica, la historia y la historiografía. Lo constato mientras leo *Tras la huella del negro*, de Vilma Pizarro Santiago, una incursión precisa por las *otredades* urbanas, especialmente las otredades sospechosas. Dije incursión precisa, añado sensible, tanto en el argumentar como en el citar.

También lo constata el rastreo, cuasi detectivesco, que realiza Haydée E. Reichard de Cardona en su obra *Arturo Alfonso Schomburg: Identidad racial y afirmación cultural afrocaribeña*. Un trabajo que la autora considera descifre de un *acertijo genealógico.* Y qué decir del libro de Miguel Ángel Virella Espinosa, *Arturo Alfonso Schomburg: Su trabajo cultural en el Caribe.* Sustancioso y esclarecedor, el libro de Virella Espinosa culmina con un epistolario, en los idiomas español e inglés, muestra de la afroantillanía de Schomburg, santomeño que se puertorriqueñiza en Nueva York.

¿Son Puerto Rico y Nueva York, *de un pájaro las dos alas*? Ya somos más los puertorriqueños bregando por *allá* que los puertorriqueños bregando por *acá*: Arcadio Díaz-Quiñones consagra un ensayo, ferozmente imaginativo, al verbo *bregar*. Un verbo al que el boricua le asigna mil y un significados, radique *allá* o radique *acá*.

Mi verano afroletrado prosigue cuando me sumerjo en la lectura gozosa de *Negros y mulatas en la literatura puertorriqueña: Cinco ensayos iniciales* de Ramón Luis Acevedo.

Agradezco el hallazgo novedoso de materias culturales desatendidas. Asimismo, el rescate de figuras y creaciones notorias, condenadas a un olvido que raya en la violencia. Mucho aprendo en el libro del respetable profesor.

Aprender constituye una asignatura siempre pendiente de cursar. Sobre todo, aprender a aprender. Y *Negros y mulatas en la literatura puertorriqueña* invita al aprendizaje al desplegar hondas sabiduría e inteligencia, sin fanfarronear. Desde muchacho acato un consejo quijótico: «*Llaneza Sancho, que toda afectación es vana*».

Cinco

Negada a las dobleces y los tapujos, negada al racismo dócil que equipara prejuicio social y prejuicio racial, la bibliografía que enriquece las librerías analiza cuanto somos racial, cultural e históricamente, desde cuando el Mundo Viejo invadió el Mundo Nuevo y lo rediseñó.

Prohibido olvidar que miles de dingas y mandingas, carabalíes y hotentotes, arribaron al Mundo Nuevo tras padecer secuestros masivos *allá*, en sus Áfricas natales. Sobre la piel de quienes serían ciudadanos novomundistas se carimbó el destino aguardándolos, apenas pisar tierra: CARNE ESCLAVA.

Junto al encierro pesaroso dicha inscripción convirtió en *instante infinito* el arraigo pesaroso en su *acá* infernal.

¿*Instante infinito*?

Seis

Oscar Wilde define el dolor como *un momento muy largo*. Por sugerente la definición aprovecha a la argentina Silvina Bullrich para titular una novela exitosa. El mexicano José Emilio Pacheco, versátil y traductor estupendo del idioma inglés al idioma español, halla una equivalencia majestuosa al bautizo primigenio wildeano: *«El dolor es un instante infinito»*.

Por *instante infinito* tengo la afroesclavitud, sea al estilo antiguo o sea al estilo moderno: hoy mismito un obrero de Costa de Marfil cobra veinte centavos la hora por ensamblar los tenis a venderse, a cien dólares el par, fuera de Costa de Marfil.

Siete

Bailando con los negros titula Pablo Neruda un poema donde el grandor se solaza:

> *Negros del continente, al Nuevo Mundo habéis*
> *dado la sal que le faltaba:*
> *sin negros no respiran los tambores*
> *y sin negros no suenan las guitarras.*

Tanto debió emocionar al cantautor boricua Roy Brown el grandor nerudiano que le contrapuso ritmos bailables a los ritmos consustanciales de *Bailando con los negros.*

Me detengo en los versos que culminan la segunda estrofa, un inventario somero de las ruindades que aguardaban *a los negros del continente*, cada amanecer:

y no tener ni plato ni cuchara,
y de cobrar más palos que salario,
y de sufrir la venta de la hermana.

Ello no impidió que el baile naciera, según el chileno universal, *«de una pareja negra»*, *«bailando con el cuerpo y con el alma»*.

Ensayo del amor fraguándose entre dos cuerpos que intentan rehacerse en uno, bailar con el cuerpo es lo habitual. En cambio, bailar con la cosa exenta de forma que se llama alma es singular. Incontables son los favores que el alma pone al alcance del cuerpo. Incontables son las veces cuando la cosa sin anatomía tramita el mero placer de desear. Incontables son las veces cuando la forma invisible que llamamos alma nos transforma de *nadie* en *alguien*. Incontables son las veces cuando la piel sospechosa castiga, mediante su baile ancestral, los *modales* asesinos del supremacismo blanco. Un supremacismo depravado. Un supremacismo que le rinde pleitesía a la barbarie.

REFERENCIAS

Abbad y Lasierra, fray Íñigo. *Historia geográfica, civil y política de la isla de San Juan Bautista de Puerto-Rico.* San Juan: José Julián Acosta (editor), 1866 [1782].

Acevedo Marrero, Ramón Luis. *Negros y mulatas en la literatura puertorriqueña: Cinco ensayos iniciales*. San Juan: Editorial EDP University, 2021.

Alicea, Dennis. «Racismo y deportes». En *De la brevedad de las formas: escritos sobre cultura, poder y lenguaje*, 66-70. Toa Baja: Editora Educación Emergente, 2023.

Arriví, Francisco. *Vejigantes*: *drama en tres actos de la trilogía Máscara puertorriqueña.* San Juan: Editorial Tinglado Puertorriqueño, 1959.

_____. *Bolero y plena: suite dramática de la trilogía Máscara puertorriqueña*. San Juan: Editorial Tinglado Puertorriqueño, 1960.

______. *Sirena: drama en dos actos de la trilogía Máscara puertorriqueña*. San Juan: Editorial Tinglado Puertorriqueño, 1960.

Baldwin, James. *La próxima vez el fuego*. Madrid: Capitán Swing, 2024. [Baldwin, James. *The Fire Next Time*. Nueva York: The Dil Press, 1963].

Blanco, Tomás. *El prejuicio racial en Puerto Rico*. San Juan: Editorial Biblioteca de Autores Puertorriqueños, 1942.

Darío, Rubén. *Prosas profanas*. Barcelona: Austral, 1998.

Díaz-Quiñones, Arcadio. «Ellos son blancos y se entienden: apuntes para la genealogía de una lectura». Nueva York: *Categoría Cinco* 3, núm. 1 (otoño de 2022 e invierno de 2023). Consultado el 7 de febrero de 2025, https://categoria5.org/ellos-son-blancos-y-se-entienden-apuntes-para-la-geneaologia-de-una-lectura/.

Faulkner, William. *Intruso en el polvo*. Barcelona: Planeta, 2000.

Flaubert, Gustave. *Madame Bovary*. Ciudad de México: Austral, 2017.

García Lorca, Federico. *Poeta en Nueva York*. Barcelona: Austral, 2015.

Gide, André. *Los monederos falsos*. Barcelona: Seix Barral, 1984.

______. *La sinfonía pastoral*. Valencia: Edicions Alfons el Magnànim, c1996.

Jiménez, Juan Ramón. *Isla de la simpatía*. San Juan: Editorial de la Universidad de Puerto Rico, 2008.

______. *Isla destinada*. Editado por Soledad González Ródenas, con motivo del Sexto Congreso Internacional de la Lengua Española. Ciudad de México: Fundación José Manuel Lara/Planeta, 2016.

Mandela, Nelson. *Hombre negro, tribunal blanco*. Buenos Aires: Contrapunto, 1987.

Múnera, Alfonso. *La independencia de Colombia: Olvidos y ficciones*. Bogotá: Crítica, 2021.

Pizarro Santiago, Vilma. *Tras la huella del negro: Los barrios intramuros y extramuros del arrabal metropolitano de finales del siglo XIX en Puerto Rico.* S/L: Publicación independiente (PoD Amazon), 2021.

Reichard de Cardona, Haydée E. *Arturo Alfonso Schomburg: Identidad racial y afirmación cultural afrocaribeña.* S/L: Publicación independiente (PoD Amazon), 2023.

Rodríguez Torres, Carmelo. *Cinco cuentos negros.* San Juan: Instituto de Cultura Puertorriqueña, 1976.

Sánchez, Luis Rafael. *La guagua aérea.* San Juan: Editorial Cultural, 1994.

_____. *No llores por nosotros, Puerto Rico.* Hanover, Nuevo Hampshire: Ediciones del Norte, 1997.

_____. *Devórame otra vez: artículos de primera necesidad.* San Juan: Ediciones Callejón, 2004.

_____. *Abecé indócil.* San Juan: Editorial Cultural, 2013.

Santos, Mayra. *Anamú y manigua.* Río Piedras: La Iguana Dorada, 1991.

_____. *Pez de vidrio.* Río Piedras: Ediciones Huracán, c1996.

Vargas Llosa, Mario. *Pantaleón y las visitadoras.* Ciudad de México: Alfaguara, 2000.

_____. *La tía Julia y el escribidor.* Ciudad de México: Alfaguara, 2013.

_____. *Travesuras de la niña mala.* Ciudad de México: Alfaguara, 2013.

_____. *Cinco esquinas.* Ciudad de México: Alfaguara, 2016.

Virella Espinosa, Miguel Ángel. *Arturo Alfonso Schomburg: Su trabajo cultural en el Caribe, 1892-1938.* Río Piedras: Publicaciones Gaviota, 2018.

Zenón Cruz, Isabelo. *Narciso descubre su trasero: el negro en la cultura puertorriqueña.* Humacao: Furidi, 1974.

ÍNDICE ONOMÁSTICO